AF216528

## Der Autor

Dr. Rainar Nitzsche, geboren 1955 in Berlin, Schulzeit im Saarland, wohnt mit seinen Vogelspinnen in Kaiserslautern, wo er Biologie studierte und seine Diplom- und Doktorarbeit über das Paarungsverhalten der bei uns heimischen Brautgeschenkspinne *Pisaura mirabilis* verfasste. Er schreibt seit 1975 Gedichte, Kurzprosa, fantastische Romane sowie Sachbücher über Spinnen.

Fantastische Werke: Die PFAD-Romane, Kurzgeschichten, thematisch sortiert, die in der Nacht bei Vollmond spielen, am Tag im Sonnenlicht, Im All zwischen den Sternen, Spiegelwelten, Träume von und Begegnungen mit Spinnen, Meditatives.

## 101 Nachttexte mit Rahmenhandlung - Kurzprosa und Lyrik

Sie kehrt zurück zu dir, die niemals verschwunden war: die Mondin. Und so viele Dinge geschehen in der Nacht unter *ihrem* Licht, die dort oben steht und alles »sieht«. Wo? Bei dir zu Hause, in manch einer Stube, unten auf den Straßen der Stadt und draußen auf den Wiesen, die da führen weit hinaus in Liebes-Herzens-Schmerzen! Wölfe heulen, Fledermäuse flattern unter *ihrem* Licht, und Meere von Blut und Tod und Übergang und Wandel zwischen Mensch und Vampir, Dämon und Tier.

Sitzt er also noch immer dort, der junge Mann, mit starren toten Augen in ihrem *Licht* und träumt?

Und die Nacht über diesem Teil der Erde endet nie?

Und die Volle Mondin scheint noch immer?

RAINAR NITZSCHE

# IM LICHT
# DER VOLLEN MONDIN

Fantastisch-magische Geschichten

Ruf der Mondin 2

Die Deutsche Nationalbibliothek verzeichnet diese Publikation in der Deutschen Nationalbibliografie; detaillierte bibliografische Daten sind im Internet über dnb.d-nb.de abrufbar.

**Impressum**
Rainar Nitzsche
Im Licht der Vollen Mondin
Neu gesetzte, leicht überarbeitete 3. Auflage mit Fotokunst als Taschenbuch (1. Auflage als Paperback: 1997 im Rainar Nitzsche Verlag / 2. Auflage als E-Book 2017 bei Bookrix)
Fotografie und Effekte: Dr. Rainar Nitzsche, Titelbild: Berthold Mallmann
Computersatz: Dr. Rainar Nitzsche

© 2019 Herstellung und Verlag:
BoD – Books on Demand, Norderstedt
ISBN 9783749437153

Die Volle Mondin
singt in mir


**I A O**

Das ist die Erhabene
die erste Göttin
Mondin
der Jahve
ihren Namen nahm

Allen Menschen
die in *ihren* Träumen leben
allen Menschen mit Fantasie
und allen anderen Träumern
vor uns, nach uns und neben uns

Dank
unserer Mondin
einst aus Mutter Erde geschlagen
und Manuel

# Inhalt

I A O — 5

Noch immer ruft die Mondin — 11

Einklang — 13

    Es war unter dem Licht — 13

    Ein junger Mann auf einer Bank — 14

    Luna — 17

Zimmer unter dem Dach 1 — 18

Drinnen bei dir — 21

    Stimme der Nacht — 21

    Das Messer — 22

    Augen — 23

    Der zweite Ruf — 24

    Was ist das? — 25

    Und es war Nacht — 26

    Sich öffnende Blende — 28

    Licht aus! — 30

    Ein Summen — 32

    Dieser Stahl schneidet — 33

    Stille — 34

Zimmer unter dem Dach 2 — 35

Andere Räume

und weniger gute Stuben — 37

    Sieh! — 37

    Die Sache — 38

    Sound — 39

    Der Schmerz — 40

    Rockkonzert fantastisch — 41

    Schrei und Kunst — 42

    Schreibtisch — 44

    Einsamer Tod — 45

    Einer auf einer Fete — 46

    Der Haken — 48

    »Komm!« der Ruf in dir — 49

Zimmer unter dem Dach 3           50
Unten auf der Strasse         51
  Ruf         51
  Das Mädchen und der Mond    52
  Die Stimme       53
  Rotes Leuchten     54
  Dämonen       55
  Winterhölle      56
  Bahnhof November und der Wald   57
  In einer Stadt im Sommer   60
  Fahrstuhl aus Glas    61
  Einmal fliegen und sterben   62
  Empor, dein Fall    65
  Monolith      66
  NW        68
  Was ist?       69
  So was wie Crocodile Dundee   70
  Licht aus!      72
  Ausländer raus!    73
  Du und er      74
  Dann       75
  Wolfen*      76
  Ich komme!     77
  Einer, der strauchelt   78
  Irgendetwas unterwegs   79
  Tauben fliegen auf    80
  Ein Bersten     81
  Amok       82
Zimmer unter dem Dach 4       83
Wogendes Wiesenmeer
und See und mehr als Meer    85
  Die Wolken     85
  Unter der Mondin Licht   86
  Gras und Tränen    87

Nachtsirren                          88
Heulen                               89
Deine Freunde der Nacht              90
So heulen die Wölfe                  91
Ich habe es (nicht) getan!           92
In der Nacht                         94
Traum von Wölfen                     95
Kinder der Nacht                     97
Zähne                                99
Die Nebel                           100
Das Meer                            101
Was siehst du?                      102
Hier                                103
Seine Augen                         105
Spinne                              106
Zimmer unter dem Dach 5             107
Diese ewige Liebe
und andere Herzensdinge             109
Ein Weinen in der Nacht             109
Einst                               110
Beben                               111
Eines Abends                        112
Herzkatheder                        113
Blindheit                           114
Sirrender Ton                       115
Meine Welt in deinen Augen          117
Mein Name                           118
Sie auf dem See                     119
Von dir geträumt                    120
Warum? Weshalb? Wieso?              121
Ein Flüstern                        123
Endlich                             124
Hunger                              125
Bei diesem Klang                    127

Katzenfrau 128

Du 129

Zeugung 130

Taucht ein 131

Der Schlag meines Herzens 132

Die Reise 133

Freundin 134

Seine Braut 135

Was ist wahr? 136

Brennend 137

Zimmer unter dem Dach 6 138

Noch immer im Park? 139

Mondin, Wolken, Sterne 139

Vangelis und die Mondin 140

Glaubst du? 141

Zimmer unter dem Dach 7 142

Ausklang 145

Und folgten 145

Die Macht, die die Mondin hat 146

Der Rufer 147

Nachwort 148

# Noch immer ruft die Mondin

Liebe Leserin, lieber Leser,

begeben wir uns auf eine fantastische Reise! Beginnen wir im trauten Heim, gehen wir hinaus auf die Straße, schauen wir als Voyeure in andere Zimmer, um schließlich die Stadt zu verlassen, hinauszulaufen oder in unseren Träumen weiterzuschweben, über die Grenzen hinaus ins Wiesenland hin zu unserer großen Liebe!

So bildet diese neue und zweite Sammlung von Kürzestgeschichten die Fortsetzung zum *Ruf der Mondin*. Sie kehrt zurück zu dir, die nie verschwunden war: die Mondin. Und all die Dinge geschehen in der Nacht unter *ihrem* Licht, die dort oben steht und alles »sieht«.

*Die* unter uns Menschen aber irren sich, die glauben, *sie* täte etwas. Sie tut nichts! Sie schaut den Dingen zu, augenlos und ohne Emotion, seit etwas oder irgendwer sie aus der Erde schlug. Mein Gott, was sie schon alles sah in den letzten Hunderttausenden von Jahren an Menschentaten!

Und du weißt, es gibt kein Ende und keinen Anfang. Jedes Ende ist wiederum Anfang, und jeder Anfang ... So ist das im Kreis, im Kreislauf des Lebens und der Dinge.

Sitzt er also noch immer dort, der junge Mann, mit starren toten Augen im Licht der Vollen Mondin und träumt so vor sich hin?

Und die Nacht über diesem Teil der Erde endet nie?

Und *sie* scheint noch immer?

Ungeheuer vielfältig sind diese Welten, hier und dort, und dann ...

»Wo? Wo? Wo?«, fragst du.

Im letzten Teil der Mondintrilogie* natürlich!

Und wieder ist hier, wie damals und morgen, ein Rahmen und *ein* gemeinsamer Nenner zumindest: Das ist der Spiegel meiner Seele.

*: *Mondinschein und Sein.*

Also ging ich einst mit einem Sänger und dessen Freund in später Nacht über eine sumpfige Wiese?

Ja, so war es!

All dies geschah, all dies geschieht. Dies alles ist!

Dort standen wir drei in *ihrem* Licht. Wir sahen empor in die strahlende Volle Mondin. Und einer von uns, sein Name ist Manuel, sprach magische Worte und sang ihren ältesten Namen in die Nacht: I A HU, das ist I A O, die Erhabene.

# Einklang

## Es war unter dem Licht

Es war unter dem Licht
der Vollen Mondin
in *ihrem* Licht
da wir uns trafen

## Ein junger Mann auf einer Bank

Da sitzt also ein junger Mann auf einer Bank im Park unter Platanen. Und der Ruf der Mondin ist nichts weiter als ein Traum, Schaum, Hirngespinst eines kleinen Möchtegerndichters, der dort mal mittags saß. Aber doch nicht in der Nacht, aber doch nicht sterbend, aber doch nicht mit starrem Blick!

Also ist dir alles klar: Das Ganze ist nur so ein kleiner Trick, sehr vordergründig, nicht mehr als ein Pseudorahmen für fantastische Stories, die aber auch gar nichts miteinander zu tun haben, außer das eine: seinem Gehirn entsprungen zu sein, seinem Geist, seiner Seele. Und was heißt hier »entsprungen«? Vermutlich schrieb er so manches irgendwo ab, ließ sich inspirieren von Gesehenem und Gelesenem, wie das immer so schön heißt, erlebte selbst nur wenig.

»So ist es!«, spricht der Dichter, »ertappt!«

Und nicht nur der im Park, nein auch der junge Mann im Zimmer unter dem Dach bin ich. Und dort unten saß ich nie bei Nacht, denn ich lebe ja noch. Und doch - könnte ich nicht dort in eisiger Kälte mit starren Augen, im Nachtfrost erstarrt sitzen? Und manch ein Penner trinkt Bier aus Dosen und keinen roten Wein. So ist es!

Und du, liebe Leserin, lieber Leser wunderst dich, denn du kennst das Buch, du kennst den *Ruf der Mondin.* War es nicht Sommer, als alles geschah? Wie kann ich nun von eisiger Kälte reden!

Siehst du, Dichter lügen (Friedrich Nietzsche).

Lüge auch ich? Ist nun dort Wärme und Sommer oder Winter und Eiseskälte? Oder ist es ein kleiner logischer Fehler, wie so oft?

Ja, wer weiß, wer weiß?!

Oder geschah doch alles gestern, war so oder so ähnlich, ist Vergangenheit?

Doch wohnt er nicht jetzt um die Ecke in einer anderen Straße, in einer kleinen Zweizimmerwohnung mit endlos hohen Decken, so scheint es ihm, der vorher in einem Dachzimmer mit klitzekleinem Fenster und einem in der Mitte aufgestellen Bücherregal lebte?

Ja, dieser Altbau, ein Reihenhaus, dessen ersten Stock er nun bewohnt, hat gigantisch hohe Räume. Ach, könnte er doch mehr die dritte Dimension ausnutzen - die Decke hochsteigen wie der Vampir, wie die höllischen Mächte, oder kopfunter unter der Decke ruhen wie die Fledermaus! Und wie lang jetzt erst die Wege dort unten sind: vom Ende des einen Zimmers, wo sein neuer PC, Drucker und Scanner und das Kombigerät aus Telefon, Fax und Anrufbeantworter stehen über das zweite Zimmer mit Bett, Fernseher, Video, DVD und Musikanlage bis hin zur Küche. So ist es im Januar 2009.

Mag sein, dass es so war, dass es so ist, denkst du, aber wen interessiert's? Was soll's? Spielt's irgendeine Rolle?

Ja und nein! So wie es immer ist. Alles könnte irgendwie wichtig sein. Oder auch nichts ist wirklich wichtig.

Was ist übrigens für dich das Größte?

Doch fragen wir anders, fragen wir nach seinen Träumen. Träumte er seltsame Träume?

Er träumte, er träumt. Ewig träumt er all diese Dinge.

Irgendwo schaut einer bei Kerzenlicht und Rockmusik in einer kleinen Kneipe auf eine Spinnenarmbanduhr: Die schwarze Spinne läuft im Kreis und zählt die Sekunden. Aber die Minuten und auch die Stunden vergehen nicht. Also ist irgendetwas mit der Zeit? Also steht die Zeit doch still? Trotz vergehender Sekunden?

Er schaut auf und in das Licht der Vollen Mondin.

Es ist warm und Sommer, und leise singt das Laub. Nachtfalter flattern um Laternen, eine Fledermaus ist hinter ihnen her.

Dies alles geschieht ganz unbemerkt inmitten einer kleinen Stadt*?

Ja, so ist es.

Jetzt schließt er die Augen, und die Lider flattern: REM rapid eye movements - Traum.

Träumt er vom großen Ruhm?

Er träumt davon, dass du jetzt diese Zeilen liest, dass du begeistert sein wirst von einigen Geschichten in diesem Buch, das du jetzt in deinen Händen hältst.

Er träumt von Schneebällen, nein, er träumt vom Schneeballeffekt: Dir gefällt dieses Buch und so empfiehlst du es weiter oder verschenkst es und ... Immer mehr Menschen lesen, hören, sehen und fühlen, was er einst sah.

Große Träume eines kleinen Mannes.

*: Kaiserslautern.

## Luna

In meinem Herzen
schlägt die Mondin
ihren endlosen Weg
um die Erde

Sie

die das Licht
des Sonns spiegelt
dessen Strahlen
die Erde befruchten
aus deren Schoß
wir Menschen wachsen

## Zimmer unter dem Dach 1

Das ist ein kleines Zimmer, nein, nicht direkt unter dem Dach, es gibt auch noch einen Dachboden darüber, wo bis vor Kurzem noch allerlei Gerümpel stand - jetzt ist alles in der Küche gestapelt: Da sind zum Beispiel seine Aquarien, in denen einst Fische schwammen und Molche, amerikanische Sumpfschildkröten sich sonnten und schließlich Vogelspinnen lebten.

Kommst du die Treppe hoch - viele, viele Stufen - so findest du auf dem Flur vier Türen, rechts zunächst ein winziges Zimmer, in dem indonesische Studenten wohnen - nein, ganz so schlimm sieht es noch nicht aus mit der Wohnungsnot, einer, immer nur einer, nicht alle auf einmal. Links gibt es eine Tür, die uns hier nicht interessieren soll, sie führt ins Bad für die WG, also Wohngemeinschaft eine Treppe tiefer. Geradeaus ist die vierte Tür zu erblicken. Zuvor jedoch rechts kommt die entscheidende Dritte, die zunächst in die Gemeinschaftsküche mit Dusche führt, und dort innen führt links eine weitere Tür zu seinem Reich. Ein Türschild aus Pressspan ist hier festgenagelt, darauf steht: Rainar Nitzsche Verlag. Und dann ist da auch noch dieses Logo: diese fliegende, erleuchtete Schildkröte in Erinnerung an alte Zeiten, als er noch zusammen mit seinen Rotwangenschildkröten träumte. Dort saßen sie auf einem trockenen Sandstein im Aquaterrarium, unter dem Licht einer Lampe, den Kopf erhoben, die Augen geschlossen, die Hinterbeine mit ausgebreiteten Schwimmhäuten nach oben ausgestreckt. So tankten sie Wärme. Und er saß träumend davor. »Die Schildkröten träumen«, hörte er einst in einem Hörspiel. Nein, sie träumten nicht von seinem Zimmer, in dem sie lebten, in dem er noch immer wohnt, so lange Zeit schon.

Ob ich es je verlassen werde, aufrecht gehend und nicht hinausgetragen, es für immer verlassen werde?, fiel ihm kürzlich ein, arbeitslos und auf Jobsuche und nicht gerade bester Laune. Da wohnt er also nun schon seit über acht Jahren in diesem kleinen Zimmer in einem von vielen Häusern, die aneinandergebaut die eine Seite der Straße flankieren.

Und nun ist es noch nicht lange her, dass er von seinem kranken Herzen erfuhr. Wenn er doch endlich einmal den Operationstermin erführe!

Auch eine neue Wohnung hat er in Aussicht, denn sein Biologenfreund, der um die Ecke herum wohnt, will wieder nach Bayern ziehen, da wird seine frei. Positives!

Unserem Helden aber geht es gar nicht sonderlich gut: Nur noch mit Pause schafft er die zwei Treppen bis zum Dachzimmer hinauf.

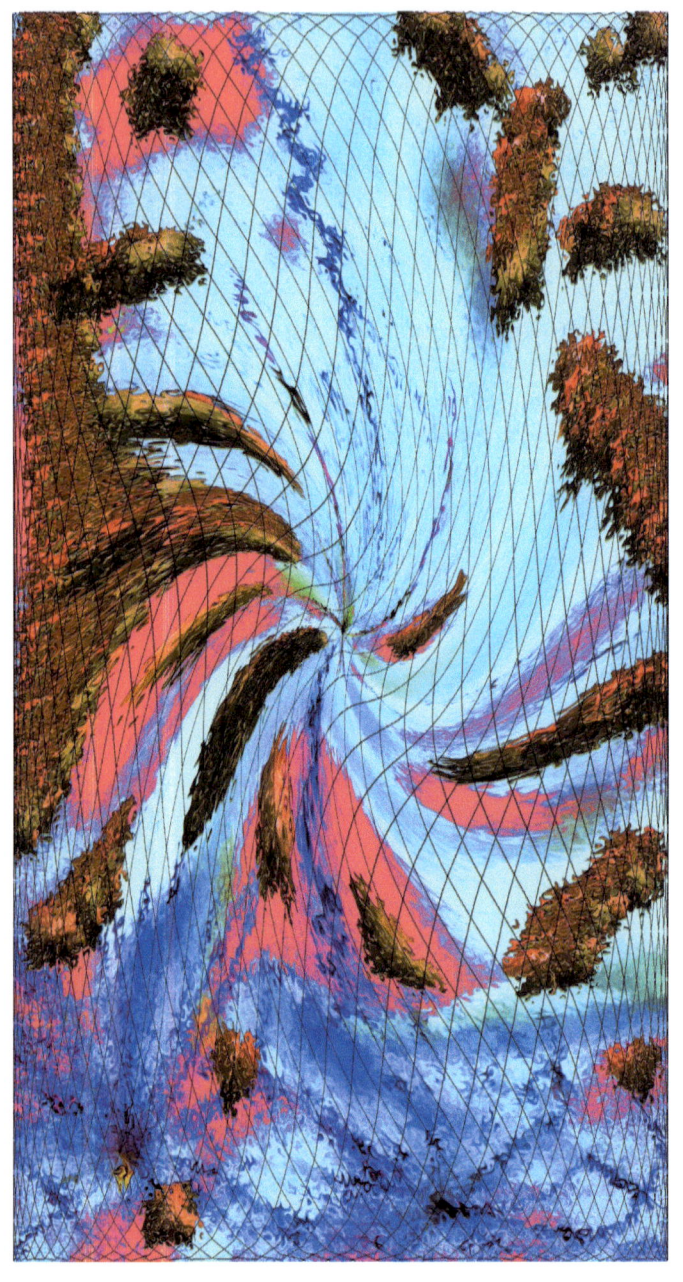

# Drinnen bei dir

## Stimme der Nacht

Die Stimme
in deinen Ohren
in deinem Kopf

»W e r  b i s t  d u ?«
fragst du
schreist hinaus deine Angst
in die schweigende Nacht

»W o  b i s t  d u ?«
flüsterst du
und lauschst

Doch noch immer
spricht da die Stimme in dir
ihre kränkenden krächzenden Worte

# Das Messer

Wie es blitzt und glänzt und ruft - Psycho!

Träumend hält er das neue, scharfe, blankpolierte Küchenmesser.

»Wo?«, fragst du verwundert.

Wo schon, bei ihm daheim natürlich! Und bei Kerzenlicht.

Michael Myers?

Nein, so heißt er nicht.

»Ich ... ich ... ich bin ...«

Er schaut es an und einsam, wie er ist, spricht er mit sich selbst: »Was tue ich? Ich sehe ein Messer in meiner Rechten, es blitzt, es glänzt, ruft mich? Zu sich?«

Aber er tut es nicht, *noch* nicht!

Keiner ist da außer ihm! Also falsch gedacht. Er wird mit diesem Messer niemanden töten, oder doch?

Noch zögert er.

»Aber irgendwann«, flüstert es in ihm, »irgendwann wirst du es tun! Irgendwann wirst du das Messer rufen. Irgendwann wird es deinen Körper von dir fordern und dein eigenes Blut.«

## Augen

Du schaust auf. Du schließt deine Augen. Wärme. Du träumst von ewiger Nacht. Und draußen versinkt der rote Abendsonn im Meer. So schnell, so rasch.

Schwärme schwarzer Falter verlassen das Zentrum deiner Stirn, das Stern ist unter Sternen. Jetzt aber leuchten die Schmetterlinge auf in allen Farben: Sie glühen blau und grün, rot und gelb. Also ist es wie in tiefster See: leuchtende Fische dort unten, leuchtende Falter hier oben. Oben wie unten, unten wie oben.

Und dann - ja! - nun öffnen sich deine Augen wieder. Mein Gott, sie sind - du könntest es nicht sehen in dieser Dunkelheit, wenn du einen Spiegel hättest, aber du weißt, wie sie sind und niemals zuvor waren - sie sind schwarz! Nein, schwärzer noch als alle Nächte dieser Erde. Sie sind Raum, sie sind Zeit, sie saugen ein das Licht der fernsten Sterne, die da nun überall strahlen über dir. Kein Zimmer mehr, kein Haus, keine Mauern, keine Grenzen. Nur Weite ...

Jetzt erst verlassen - ein Schwirren und Flattern - schwarze Schwingen deine Augen, deinen Kopf, deinen Körper, denn du hast dich verwandelt - Mensch in Nachtkreatur, einer in viele.

Vieltausendfach flattern wir nun empor, e m p o r - in die Nacht, dem Licht der Vollen Mondin entgegen, die da ruft, die uns ruft ohn' Unterlass. Wir kommen!

Irgendwoanders weint ein Mensch, der dieses Bild einst sah, der es in Menschenworten ach so kläglich nur beschrieb, ein erstes und ein zweites Mal. Irgendwoanders tippen Finger über eine Tastatur. Und wieder weint seine Seele, während seine Augen dies hier lesen und seine Finger es ergänzen, während seine Synthesizerklänge in seinen Ohren widerhallen. Irgendwoanders, weit, weit entfernt ...

## Der zweite Ruf

Du wachst auf aus deinen Träumen. Etwas hat dich geweckt, eine flüsternde Stimme. So dicht neben dir.

Mein Gott, wer ...?, rast es Gedanken in dir. Wer? Was? Wer? Wer?

Du greifst nach dem Lichtschalter am Strahler, ja, dort oben an der Wand über deinem Bett.

Nichts! Nichts! Nichts! Alles bleibt dunkel. Aber die Stimme ist jetzt in dir: »Komm!«

»Das ist der Ruf, der zweite Ruf«, flüsterst du dir zu. Doch du folgst ihm nicht, sondern lauschst im Dunkel, erstarrt und festgebannt. Ewigkeiten könntest du hier oben nun warten auf ein neues Flüstern dieser Stimme. Doch sie wird nie, nie mehr wieder dich rufen.

Vorbei, vorbei, weinst du irgendwann Tränen in die kalte Winternacht.

Und niemand ist da, der hört dich schreien.

Und niemand ist da, der sieht dir zu und nimmt dich in seine Arme.

Und keine Wärme und nicht der Schlag des anderen Herzens und ...

Denn du wurdest in die Kälte hinaus geboren, und dort bist du allein.

Für immer und ewig!?

# Was ist das?

Was ist das?

Es ist ein Schrei. Ein Schrei in der Nacht.

Du hörst ihn mit deinen Ohren. Du hörst ihn mit deinem Geist und mit deiner ganzen Seele. Du hörst ihn!

Endet er nie? Wer kann so schreien?

Mein Gott! Es ist ja ein Kind!

Wo? Woher? Wer?

Du stehst auf aus deinem Bett.

Und der Schrei erreicht dich von allen Seiten.

Du schaltest das Licht an. Jetzt erst siehst du, wo du bist. Du bist noch immer in deinem Zimmer unter dem Dach. Doch irgendetwas hat sich verändert. Irgendetwas ist anders.

Der Schrei verklingt in deinen Ohren. Trommeln beginnen zu schlagen. Trommelsound dringt von allen Seiten auf dich ein, hat dich längst umzingelt. Die Trommeln lassen dich tanzen.

Und dein Zimmer wächst, dehnt sich aus. Schau, schon ist es ein Saal. Einfach gigantisch!

Wie winzig *du* darin doch bist, so klein und verloren!

Du schaust empor.

Dort wölbt sich eine gigantische Kuppel über dir, hinter der die Nacht leuchtet, Schwärze mit dem Licht *einer* Vollen Mondin und dem von Milliarden Sternen. Nacht, dein Zelt.

Und du, der du eben noch schriest und schreiend starbst, stehst weinend nun auf.

Glücklich schreitest du der Schwärze und dem Leuchten entgegen, empor.

Und deine Seele lächelt und singt, denn *sie* weiß, dass ein kleiner Mensch einst schrie bei seiner Geburt und dann auch wieder später, als er seinen alten, alten Körper einfach nicht verlassen wollte.

## Und es war Nacht

Es war Nacht, als alles begann. Und die Sterne trieben, wie seit Ewigkeiten schon, träumend im schwarzen Meer. Irgendwo schien dort oben auch die Mondin. Unten aber gab es ein kleines halb dunkles Zimmer.

Wo?

Auf einem Berg in einer kleinen Stadt mit Doppelnamen, in einem Betonklotz von Gebäude. Spielt der Name dieser Stadt eine Rolle? Nein! Und wenn doch, du erfährst ihn nicht von mir! Dort saß er also vor einem kleinen schwarz-blau flimmernden Schirm und sah in die Ferne, als es geschah:

Als erstes kam der Sturm. Er raste heran mit einem Donnerknall. Doch die Fenster hielten stand und blieben zu.

Woher er kam?

Niemand weiß es, niemand wird es jemals erfahren. Plötzlich war er da, nicht aus heiterem Himmel, sondern aus schweigender Nacht getreten, urplötzlich entstanden aus dem Nichts.

Dann fingen die Vorhänge Feuer.

So schien es ihm, denn er sah auf mit vor Staunen offenem Mund. Der Sturm war schon erloschen. Vollkommene Stille lag über seiner kleinen Menschenwelt. Die Stille vor, nein, nach dem Sturm.

»Komm!«, zog etwas an ihm, in ihm.

Also stand er auf und hob seine Arme empor in die Schwärze, die ihn nun umgab, denn alles war still und dunkel.

Dann zerbrachen die Scheiben, berstend, doch ohne einen Laut, und fielen im Zeitlupenfall dem Zentrum der Erde entgegen. Er sah das Glas, sah es sterben hinter und vor der weißen Wand aus Feuer. Und der Regen aus berstenden Scheiben hörte einfach nicht auf.

Dann sah er nichts mehr mit seinen Augen.

Dieses Bild siehst du nun, sah *er* nicht mehr, weil die Scherben in sein Zimmer fielen? Sah er nicht mehr, weil die Scherben seine Augen zerschnitten? Weil seine Augen wie Tränen blutend und brennend zur Erde tropften? Sah er nicht mehr, weil er sterbend zur Erde sank, getroffen und in tausend Teile zerschnitten durch zerbrochenes Glas?

Nein! So war es ja gar nicht!

Du siehst nun ein anderes Bild, du siehst nun, wie es war:

Schwärze der Nacht. Und die Scherben rasen lautlos empor zu den Sternen, werden selbst zu leuchtenden Sternen. Und auch die Fensterwand aus weißem Feuer folgt ihnen nach ins scheinbare Nichts.

Dies alles sieht er nicht mehr. Ja, seine Augen sind noch heil und auch sein Körper, doch seine See...

Dann lösen sich auf - die Decke und die übrigen Wände aus Beton, bis auf den Fußboden, der sich noch eine Zeitlang hält. Und über ihm und um ihn herum ist Schwärze, schwarze Nacht. Und nun zerfällt sein Körper in Zeitlupenfall zu schwarzem Staub.

Er aber, sein Selbst ohne irdischen Körper - nenn es Geist, nenn es Seele, nenn es, wie du willst - er aber schwebt unter den Sternen der ewigen Nacht.

Er aber, eingegangen in sein KA, singt, *eine* Stimme unter allen Stimmen.

Er aber ist zurückgekehrt, weilt nun da oben und da unten, in dir, in mir und in allen Dingen.

So war es. So ist es. So wird es sein. Ja, so ist es!

## Sich öffnende Blende

Es ist Nacht, und du, erwacht, siehst staunend vor dir ...

Jetzt setzt du dich auf, und aufrecht steht vor deinem Bett ein Kreis, ein Ring aus gleißend hellem Licht.

Mann, was ist denn das?, wunderst du dich. Ein Irrlicht oder was? Das gibt's doch nicht! Doch so symetrisch, vielleicht von einem Laser erzeugt? Doch hier bei mir? Von wem, wieso und überhaupt?

Den Kreis kümmern deine Gedanken nicht. Er füllt sich von den Rändern her immer mehr mit Licht, verwandelt sich so in eine leuchtend weiße Scheibe.

Du schließt die Augen, bedeckst sie mit deinen Händen. Ein Spalt entsteht, oben in der Mitte, ein winziger Spalt zunächst, den du mit geschlossenen Augen, mit deinem inneren Auge größer werden siehst. Er wächst und wächst und wächst. Du weißt, die Blende öffnet sich. Die weiße Scheibe öffnet sich der Schwärze.

Dann, du spürst das wohltuende Dunkel, nimmst du die Hände weg. Du öffnest die Augen, zaghaft, erst eins ein wenig, und dann auch das zweite. Du siehst den schwarzen Raum des Alls vor dir und darin einen kreisförmigen Ausschnitt in räumlicher Tiefe. Fern leuchten still die Sterne. Sie glitzern nicht, sie strahlen. »Oh!«, entfährt es deinem Mund. Es ist dein letztes Wort.

Irgendetwas zieht dich an. Du spürst den Sog in deinem Körper, du spürst ihn in Kopf und Bauch. Du hörst den Ruf in dir. Du willst nicht folgen, *noch* nicht! Du willst schreien, du willst dich wehren, du willst fliehen. Doch es geht nicht! Etwas zieht dich an. Etwas saugt dich ein. Dann entschwebst du deinem Körper, der sterbend in die Kissen fällt.

Du bist in Schwärze gefallen, die dich ruft ohn' Unterlass. Weit hinter dir in deinem Zimmer öffnet sich wieder eine Blende: Unten in der Mitte entsteht ein Spalt aus strahlend weißem Licht, der größer wird, der heranwächst zur Scheibe, die sich wieder in einen strahlenden Kreis aus Licht verwandelt der kurz nur verharrt, um schließlich zu entschwinden.

Irgendwann finden sie dort unten deinen verwesenden Körper, sonst nichts.

# Licht aus!

Du wachst auf.

In deinem Zimmer?

Klar doch, wo sonst? Alles ist wie immer.

Nein, irgendetwas ist heute anders, etwas stimmt hier ganz und gar nicht.

Oder schläfst du noch immer und träumst nur zu erwachen?

Daher also, daher!

Die Lichter gehen aus in den Städten.

Du hast keine Kerze im Haus und auch keine Taschenlampe.

Die anderen in den Fahrstühlen und Hochhäusern der großen Städte trifft es schlimmer.

Die Lichter sind erloschen.

Sie lachen, die Wesen der Nacht. Schatten huschen an den Wänden. In den Parks und Straßen leuchten Feuer. Menschen wärmen sich an den Flammen. Keine Sirenen und nirgends blinkende Lichter. Alle Autos stehen still. Längst ist das Telefonnetz zusammengebrochen, nirgendwo klingelt's, piepst und spielt irgendwelche Melodien.

Wenige Menschen warten auf den Morgen, den Morgensonn. Noch wissen sie nicht, dass sie ihn nie mehr erleben werden.

Viele von ihnen werden dann tot sein.

Auch die anderen, die überleben, werden vergeblich auf seinen strahlenden Aufgang warten.

Denn diese Nacht der Nächte währt Äonen.

Und du? Was tust du?

Ruhig setzt du dich auf den Boden deines kleinen Zimmers. Still geht dein Atem. Am offenn Fenster atmest du ein die Nacht, sie zu sammeln und zu wandeln.

Und sie strömt zu dir herein.

Und du strömst zu ihr hinaus.

Eins werden und leben. Oder kämpfen und sterben.

Deine dunkle Schwester in dir erwacht. Ihr Name ist Nairra. Jetzt führt sie deinen Körper hinaus.

# Ein Summen

Es ist Nacht. Und du? Liegst gemütlich in deinem alten Bett in der neuen Wohnung, die Kopfhörer auf, warm eingepackt, denn es ist kalt und Winter, die kühle Wand hin zum Treppenhaus des Nachbarn links neben dir, rechts steht die Tür zum Gasofen im zweiten Zimmer offen, dem Arbeitszimmer, der Bibliothek, dem Zentrum deines erträumten Verlagsimperiums. So hast du dich also enorm vergrößert, vom armen Poeten im Dachzimmer einer WG zur kleinen Zweizimmerwohnung mit Küche und Dusche, das alles ganz für dich allein.

Was tust du gerade?

Du siehst in die Ferne, TV, schaust dir die letzte Folge von *Highlander*, der Serie an - sehr enttäuschend für den, der den Originalkinofilm kennt - und es ist spät in der Nacht, nach Mitternacht bereits. Geisterstunde!, fällt dir später ein. Und da ist es!

Du hörst es in dir, tief in dir, das Summen, und siehst dich zugleich dort neben deinem Bett stehen.

Du dort oben drehst dich um.

Das Summen dreht sich mit.

Ich bin der Schwarm?, fragst du dich verwundert. Ich bin der Schwarm! Und nun gehe ich durch Wände.

So fließt du durch Mauer und Fenster deiner neuen Wohnung. So fällst du auch nicht ein Stockwerk tiefer, prallst nicht auf Stein. Denn du bist der Schwarm.

Summend schwebst du über den Straßen der Stadt durch die Nacht. Dort lauschst du dem Leben hinter Türen und Fenstern. Du hörst und siehst alles in dir.

Dann wieder schwebst du summend hinauf in die Schwärze. Dort hörst du die Sterne flüstern, singen und summen, so wie du.

## Dieser Stahl schneidet

Irgendwer
sagt es immer wieder
flüsternd in dir:
»Dieser Stahl schneidet!«

Noch immer träumend
wachst du auf
und reibst dir die Augen:
»Was ... was ... was?«

»Schneidet deinen Hals!«

Du stehst nicht mehr auf
vom blutrotem Laken
nie mehr!

## Stille

Und du drehst dich im Kreis
Singst du?

Ist ein Schreien
in den Seelen der Menschen

Die Wände
deines Zimmers
bersten

Und noch immer drehst du dich im Kreis
noch immer zerfallen
die Häuser der Stadt zu Staub

»Wer bin ich?«
flüstert eine Stimme in dir

Aber dort draußen
erlischt das Leben
in sternenloser Nacht
Stille

# Zimmer unter dem Dach 2

Büchermassen. Einst hochkant nebeneinander ins Fichtenholzregal eingeordnet, nun schon stellenweise quergestapelt. Aber du hast mal ausgemistet, einige sind im Papiermüll gelandet. Vor Jahren noch undenkbar bei Büchern: heilig, heilig, heilig! Aber wenn man nur ein einziges Zimmer bewohnt und vielleicht doch bald umziehen wird, dann ... Eben! So ist also die dritte Dimension einfach besser ausgenutzt. Science Fiction, Fantasy und Fantastik hattest du mal alphabetisch nach Autoren geordnet, die sind schon lange aufeinandergestapelt, also stimmt es mit der Ordnung nicht mehr - zu faul, alles umzusortieren.

Sollte mal wieder was lesen, weniger Fernsehen, jetzt wo ich Zeit habe, so ohne Job, denkst du, wenn nicht jetzt, wann dann?

Nun gut, ganz so schlimm ist es nicht, du liest schon: von Spinnen, Dinosauriern, der Wende 89. Aber da liegen noch immer Stapel ungelesener Bücher. So ist das eben, wenn man in einer Buchhandlung arbeitet ... Und manche Bücher sollte man mehrmals lesen, so wie du dir manche Videos immer wieder anschaust.

Jetzt nimmst du ein Buch in die Hand. Verwundert liest du den Titel - Das kann doch nicht sein, ein Buch von mir, das ich noch nicht geschrieben habe!? *Der Leuchtende Pfad des Magiers* steht dort So sieht es also aus, denkst du noch begeistert. Dann verschwimmt alles vor deinen Augen. Müde. Müdigkeit und Vergessen ...

Du träumst von anderen Zimmern - in deiner Stadt oder in anderen Städten zu anderen Zeiten?

Dort ist Nacht wie bei dir. Aber nicht alle Menschen schlafen unter *ihrem* Licht, das durch so viele Fenster scheint - und in die Schwärze so vieler Seelen. Und auch draußen leuchten Laternen. Und das eine oder andere Fenster ist von Licht erhellt.

Du siehst alles vor dir: Außen- und Innenräume. Du schaust hinauf. Du schaust hinein von unten, von oben, von fern, von außen, von innen her ...

Seltsame Dinge siehst du. Und da sind so viel Blut, so viele Schreie und so viel Schmerz und Leid und Tod! Du weinst und schreibst, weinst und siehst, schreibst und ... lebst, erlebst.

# Andere Räume

## und weniger gute Stuben

### Sieh!

Ein Schrei
tönt durch die Nacht
Und du - erwacht
blickst auf

Aus deinem Mund
aus deinem Geist
ein Schrei
tönt durch die Nacht

## Die Sache

Die Sache ist doch die: Bist du alleine, kann es dich packen, von außen, von innen, und niemand hört dich schreien.

Und du denkst: Ja, ja, die armen einsamen Schweine, sorry, Menschen. Welch ein Glück, ich bin nicht allein, hab' ja dich.

Aber halt! Schau da, der Dichter redet ja noch weiter. Oje!

Ist jemand bei dir, wie willst du sicher sein, dass es noch immer der ist, der er eben noch war, den du liebst, den du geboren hast, der ...?

Er oder sie könnte irre werden, besessen sein oder ganz jemand anders, der aussieht wie er, wie sie.

Siehst du, es gibt keine Sicherheit, nirgendwo und nirgendwann.

Dreh dich um. Hinter deinem Rücken zückt dein Geliebter das Küchenmesser. Mein Gott, dieses teufliche Grinsen in seinem Gesicht! Du siehst es im Spiegel, vor dem du stehst und dich still betrachtest.

Und auch du ... Was hältst du denn da in deiner rechten Hand?

Wenn das mal keine Knarre ist - ausgeliehen von der besten Freundin, für alle Fälle. Hahaha! Da wird sich aber einer gleich wundern!

## Sound

Es ist die Musik, der Sound, der dich packt: »Shout, shout ...«

Deine Füße stampfen den Boden, und deine Augen rollen - aber das ist es nicht! *Das* nicht!

Es ist ein Zerren, ein Weinen, ein Schweben deiner Seele. Hinfort reisst sie der Klang, hinfort.

Noch rast der Kugelschreiber in deiner Rechten über das Papier, noch schreibt er diese Zeilen, die du nun liest.

Aber bist du nicht auch gerade in dieser Kneipe? Nicht wahr, es ist Silvester? Und da erklingt ja auch - ja jetzt! - dieses Lied, das dich einst packte?

Sicher, es könnte ein anderes Lied sein, auch könnte es ein anderer Ort sein. Doch dieses Lied ist für dich, wie es einst war für mich, als es mich hinfortriss in die Ewigkeit, in ewiges Licht und Nacht, Klang und Stille.

Jetzt sehen sie dich.

»Was ist mit ihm?«, fragen sie.

Sein Körper sinkt, glasig offen die Augen, der Kugelschreiber fällt und auch sein Kopf auf das Blatt.

Es kippt das Pils.

»Mausetot!«

# Der Schmerz

Du siehst *sie*.

Du siehst, wie *er* ihr begegnet - wie beim ersten Mal.

Du siehst und fühlst und weißt.

Und Worte wiederholen sich immer wieder, endlos in dir, immer und immer wieder:

»Das ist der Schmerz in deinem Herz, der Schmerz!

Das ist der Schmerz in deinem Herz, der Schmerz!

Das ist der Schmerz in deinem Herz, der Schmerz! ...«

Aber du weißt nicht, was geschah, was geschieht, was geschehen wird. Du weißt es nicht. Auch wirst du niemals erfahren, wo sie lebt und wann, und wer sie ist. Wie solltest du ihr da helfen können?

Aber du weißt, dass *er*, den du genauso wenig kennst, irgendetwas mit ihr tut, getan hat, tun wird.

Und *das* bereitet ihr ungeheure Schmerzen.

Und nicht nur ihr, sondern auch dir.

## Rockkonzert fantastisch

So viele Menschen sitzen dort auf Mänteln, und hölzern ist das Parkett. Menschen warten. Jung sind sie, Männer und Frauen. Dort sitzen unzählige Menschen.

Von der Bühne dröhnt es Schlag auf Schlag, noch vom Band.

Dann steht einer auf aus dem Kreis, erhebt sich. Schwarzes Glänzen, Feuer, Schrei. Donnert die Salve aus stählernem Lauf. Und Meere von Blut!

Zuckendes Fallen in dunkle Nacht.

## Schrei und Kunst

Irgendwer
hat dich irgendwo
irgendwie erwischt
Weshalb?
Keine Ahnung!

Nun liegst du hier auf diesem Tisch, nicht gefesselt, doch kannst du dich nicht bewegen. Grellweißes Licht. Du hast keine Schmerzen, *noch* nicht, aber ...

»Wo bin ich?«, schreist du, nun wieder ein kleines Mädchen, »Mami!«

Aber die hört dich nicht, denn sie lebt schon lange nicht mehr. Und der, der dich nun hört, brachte dich hierher und gab dir die Spritze, die dich lähmt, die deine Flucht verhindert, die aber keine Schmerzen lindern wird.

Jetzt kommt er näher und zückt das blitzende Skalpell. Und er hält es vor deine Augen und weidet sich an deiner Qual. Das ist das Zeigen der Folterinstrumente. Er aber will kein Geständnis von dir. Du kannst nichts verhindern, du kannst nichts tun, denn du bist hilflos und allein.

»Er wird mir wehtun!«, weint das kleine Mädchen in dir. »Mami, der Schwarze Mann wird mir wehtun! Mami!«

Er aber grinst und schneidet dein Kleid von oben nach unten auf, und dann den BH und den Slip mittendurch. Jetzt liegt alles frei vor ihm. Denn es ist Sommer und warm. Du trugst keine Strümpfe, und deine Schuhe liegen schon lange dort unten - so fern - auf dem Boden des Kellers.

Bin also doch in keinem amerikanischen Porno, haha, wo die Frauen alles ausziehen, bloß ihre Stöckelschuhe nicht!, kichert eine irre Stimme in dir.

Er aber grinst und steckt die Klinge in deine Schei...

»Schöne Fotze!« krächzt er und steckt sie rein, nicht weit, nur ein wenig, zärtlich fast, und zieht sie hoch und schneidet. Schneidet weiter und grinst und ...

Jetzt schreist du vor Schmerzen, jetzt strömt Blut über deinen sich öffnenden Bauch. Und noch immer ist da keine rettende Ohnmacht! War doch noch irgendetwas in der Spritze, das dich bei Sinnen hält?

Jetzt tupft er ab dein Blut, so sanft, so zärtlich. Jetzt verbindet er dich.

Du siehst es, wie du alles siehst. Denn du kannst deine Augen nicht schließen, und ein Spiegel ist oben an der Decke über der Liege montiert.

Jetzt streichelt er deine zerschnittene Scham, deinen zerschnittenen Bauch.

»Weißt du, sagt er zu dir und lächelt, »ich bin kein Sadist! Ich bin kein Mörder! Ich bin kein Chirurg. Nein! Ich liebe die Frauen, und ich bin Künstler. Und *du* wirst Kunstgeschichte werden, ach, bist es ja jetzt schon. Du bist mein erstes Menschenkunstwerk. Dann lässt er dich lächelnd allein.

Du aber weißt, er wird wiederkommen.

Du aber weißt, all diese Qualen, es kann Ewigkeiten dauern.

Du aber weißt, dass das hier nicht Hollywood ist.

Denn das hier ist die sogenannte Realität. Hier geschehen die seltsamsten und schrecklichsten Morde.

Und kein Held befreit das Opfer.

Und manch ein Opfer wird niemals gefunden.

»Mami!« weinst du, »hilf mir!«

Längst hast du vergessen, dass sie dir nicht helfen kann, denn sie ist das, was auch du irgendwann - doch wann? - sein wirst. Sie ist tot.

# Schreibtisch

Er saß an seinem Schreibtisch. Alles lief gut. Die Schläger und Mörder waren ausgesandt.

Doch dann spürte er diesen eisigen Hauch von Luft in dieser warmen Sommernacht hinter sich in seinem Rücken ...

Das Monster mit dem Messer in der Hand, der Serienkiller oder sonstwer, denkst du, liebe Leserin, lieber Leser.

Aber so ist es nicht, nicht immer, hier jedenfalls nicht.

Es passiert auch gar nichts Reales, Fassbares, Greifbares, hier in diesem Haus.

Denn alles geschieht *in* ihm.

Eine Stimme von irgendwoher: »Siehst du, *so* ist das!«

Er schreit.

Er schreit, weil er die Bilder sieht, weil er die Qualen erleidet, die seine Jungs den anderen antun, gestern und heute und morgen und immer wieder, immer wieder!

Jetzt ist er sie, und sie sind er.

Jetzt brennt die Hölle in ihm, und er brennt in der Hölle, lichterloh.

Doch noch kann er ein wenig denken und antworten. So fragt seine Seele ein letztes Mal, flüstert den so lange schon verdrängten Gedanken: »Sterbe ich?«

Und die Stimme in ihm, er selbst antwortet ihm: »Du stirbst! Ewigkeiten stirbst du und lebst doch zugleich! Denn das ist das Fegefeuer, das ist Bardo, das ist der Zwischenraum! Hier bist du allein, hier hilft dir niemand, hier leidest du!«

## Einsamer Tod

Sie fürchtete sich vor dem Mann mit der Motorsäge.

Ob sie wohl irgendwann mal einen Horrorfilm gesehen hatte, in dem ein Irrer Menschen zersägt?

Sie fürchtete sich vor einem, der eines Nachts kommen würde. Sie wusste es. So würde es geschehen: Erst käme ihre Tür dran und dann ... »Aah«, schrie sie.

Also bereitete sie sich darauf vor. Denn sie war eine Frau der Tat.

Wie?, willst du wissen.

Das verrate ich nicht. Doch das Entscheidende sage ich dir, verrate dir, dass dann doch alles ganz anders geschah:

Sie hörte ihn vor der Tür. Sie hörte die Motorsäge und sah die Tür bersten. Starr stand sie da, starr vor Entsetzen. Keine Kraft, kein Atem, kein Schrei. Ohnehin war niemand da, den sie hätte rufen können, niemand!

»Herzschlag«, meinte der Arzt, der den Totenschein ausstellte.

Der Gestank hatte die Nachbarn alarmiert. Feuerwehr und THW hatten die völlig unbeschädigte, verschlossene Tür aufbrechen müssen, mit Schneidbrennern, um die »tausend« Schlösser, Riegel und Stahlplatten zu öffnen, auf die brutale Art, mit purer Gewalt, wie es damals Alexander mit seinem Schwert beim gordischen Knoten getan haben soll. So also fielen all ihre Verteidigungsmittel gegen den Kettensägenmann, ihre Angst vor Männern und Mördern, vor der Außenwelt, dem realen Leben, dies alles, lange, nachdem sie dahingegangen war.

### Einer auf einer Fete

Er wusste, dass es da ein Lied gab, ein besonderes Lied. Aber was soll's! Er hatte keine Angst. Also ging er zur Fete.

Ach ja, dieses Lied, er hatte es auf Cassette aufgenommen, ein irrer starker neuer Sound. Immer, wenn er ihn hörte bei sich Zuhause, er allein, immer dann setzte etwas in ihm aus. Und danach schien es ihm, als wäre ihm Zeit verloren gegangen, denn dieses Lied schien seltsam kurz zu sein.

Also ein Mann hatte Mut und ging zu einer Fete. Dort im Keller des Schwesterwohnheims saß er abseits auf einer Bank. Keinen kannte er, niemand kannte ihn. Diese Klänge, dieser Sound, langsam hochgezogen, ergriffen ihn wie nie zuvor. Sein Kopf hob sich empor, von der Brust empor, auf die er irgendwann hinabgesunken war, langsam empor bis in den Nacken.

Und niemand sah es, als es seltsam knackte und sein Kopf zu Boden stürzte. Im Flug zerbrach er in tausend Stücke, die endlos zeitlupenhaft zu fallen schienen. Ein Feuerwerk im Dunkel des Fetenkellers, tausend Teile eines Kopfes, die Sternschnuppen gleich verglühten.

Jetzt sahen es alle, denn irgendwer hatte angefangen zu schreien. Auch dieser Schrei wollte nicht verklingen.

Er aber stand kopflos auf und begann zu tanzen.

Alle standen sie da und schauten ihm zu.

Sahen sie noch?

Denn alle und alles war erstarrt, bis auf ihn und den Sound, der ja nun einmal von selbst weiterlief.

Dann kam wieder die Stelle im Lied, die ihm seinen Kopf gekostet hatte. Jetzt erstarrte auch er zur Säule, fror ein in seinen Bewegungen.

Irgendwann aber, Sekunden, Minuten, Stunden später vielleicht, fielen die tausend Teile seines Kopfes aus dem Nichts herauf, durchbrachen den Boden des Parketts und setzten sich wieder zusammen, wurden wieder zu seinem Kopf, der langsam aufstieg, sich verband mit Hals und Körper, mit einem Knacken nach vorne klappte, vom Rücken zur Brust. So geschah es, so war es, als liefe ein Film rückwärts.

Er öffnete seine Augen. »Glotzt nicht so blöde! Noch nie jemanden tanzen gesehn?«, rief er und setzte sich an seinen alten Platz, wieder dorthin, irgendwohin auf eine Bank.

Die anderen aber waren noch immer erstarrt, starrten geradeaus zur Tanzfläche hin, wo er eben noch kopflos getanzt hatte. Dann fielen ihnen, einem nach dem anderen, sicherlich vor sprachlosem Staunen, die Augen aus den Höhlen.

Wie musste er da lachen! Es war wirklich zu komisch, wie ihre Augen zum niemals endenden Sound dieses besonderen Liedes tanzten.

# Der Haken

Nein, nicht diese moderne Sage, die einer dir erzählt, die absolut wahr ist, weil sie die Freundin seiner Freundin von ihrer Tante hörte, die sie wiederum von ihrer Nachbarin erfuhr, und ja ... die kannte jemanden, der hatte es tatsächlich erlebt, der traf den Mann mit dem Haken anstelle einer Hand. Nein, das ist es nicht! Das nicht!

Du wachst auf: Wo bin ich? Du schaust geradeaus.

Der Raum ist in diffuses Licht getaucht, leer und gewaltig. Könnte ein Lagerraum sein.

Jetzt, da du dort hinten weit unter dir den Boden siehst, wird dir etwas Entscheidendes klar: So hoch?!

Und noch eins ist klar: Irgendwie hängst du an einer Wand.

Ein Kühlraum ist das sicherlich nicht. Denn es ist warm. Und du bist nackt. Keine Schmerzen, nirgendwo. Doch du kannst dich nicht bewegen.

Was du aber nicht weißt, ist dies: Etwas durchbohrt Nackenhaut und Nackenmuskel - ein Fleischerhaken!

Irgendetwas hat dich gelähmt. Deshalb spürst du nichts.

Doch du kannst denken. Und das ist schrecklich. Und das soll wohl so sein, gehört zur Pein, wenn alles denn Folter ist.

Irgendwer brachte dich hierher. Doch wer?

Du weißt es nicht, kannst dich einfach an nichts erinnern.

Er oder sie oder es muss gesehen haben, dass an dir nicht viel dran ist. Fressen oder essen wird dieses Wesen dich also nicht, denkst du. Doch was wird dann mit dir geschehen? Du weißt es nicht.

Jetzt döst du ein und denkst nicht daran und träumst nicht davon, worum es wirklich geht. Denn der entscheidende Satz lautet wie und gilt vielleicht nicht nur für Menschen, sondern auch für Dämonen?: Wer isst heute denn noch gerne fettes Fleisch?

### »Komm!« der Ruf in dir

»Komm!«
ist
der Ruf in dir

Blick empor

Du siehst die Himmel
sich öffnen
über dir

Du bleibst stehen
auf dem Weg nach Hause

Du wartest**

*: Und bist du nicht gestorben, so stehst du dort noch immer
und wartest und wartest und wartest - worauf?

## Zimmer unter dem Dach 3

Später Abend. Keine Lust zu nix. Also stellst du den Klotzkasten an, Gewohnheit inzwischen. Du weißt, du willst es nicht, aber du tust es. Später Abend, Fernsehabend. Ein Krimi vielleicht?

Da hetzt doch eine junge Frau über nassen Asphalt. Jemand ist hinter ihr her. Klarer Fall, denkst du. Im letzten Moment wird sie entkommen, wie meistens im Film. Also schließt du die Augen.

Du erinnerst dich an eine andere Straße, die du einst sahst. Auch auf ihr floh eine Frau. »Sie« ist der Titel der Geschichte, die sich in einer Literaturzeitschrift befindet - und in einem sehr chaotischen, längst vergriffenen Buch von vier Autoren mit dem Titel »53« oder so. Ach ja, hier im folgenden Kapitel war sie ja auch mal drin, aber dann ein Entschluss, einige Tastendrücke - Seite mit Inhalt löschen? Ja! Und weg war sie, fort ist sie, gelöscht vom Autor, Selbstzensur!?

Du erinnerst dich an Spaziergänge vor dem Einschlafen oder zur Entspannung zwischen Lernen und Lernen.

Oder träumst du nur, durch Straßen zu wandeln, du, dort oben in deinem Zimmer, im Zentrum dieser und aller anderen Welten?

# Unten auf der Strasse

### Ruf

Da hörst du die Töne
Und der Klang erfasst deine Seele
Und deine Beine folgen
der Stimme und dem Lied
die dich rufen

## Das Mädchen und der Mond

Ein kleines Mädchen spricht an einem sonnigen Februarsonntag nachmittags in der Fußgängerzone der Stadt zunächst nur einen Satz, der da lautet: »Mond, wo bist du?«

Er ist zu sehen am blauen Himmel um 17.00 Uhr.

»Mein Freund, Mami, das ist mein Freund!«

Doch Mutti reagiert überhaupt nicht.

Er aber hat sie belauscht. Er lächelt und schreibt es auf. Mondin, denkt er, Volle Mondin, meine Liebe! Und träumend geht er weiter, dem Abend, der Nacht entgegen.

# Die Stimme

Ich bin die Stimme der Nacht. Mein Mund formt den Schrei in deinem Innern: Komm! Ich bin der Ruf der Mondin.

Du springst aus deinem Haus und blickst mich an dort unten von der Straße.

Du öffnest deinen Mund.

Du singst mir mein Lied empor, den heulenden Ton der Wölfe.

Komm! Mein Mund formt den Schrei in deinem Innern. Ich bin die Stimme der Nacht.

Du hörst von fern deine Brüder singen. Die Zeit ist nah.

## Rotes Leuchten

Wir sehen es im Nebel unserer Träume. Es ist ein rotes Leuchten. Magisch zieht es uns an. Wir hören den Ruf.

Wir wissen, wir müssen ihm folgen. Wir wissen, wir werden nicht wiederkehren. Niemals wird es wieder so sein wie zuvor. Und doch, dieser Ruf zieht uns an.

Wir erheben uns, wir gehen hinaus. Wir lassen alle Türen offen. Wir gehen hinaus in die Weite der Welt, hinaus auf die Straßen der Städte. Und weiter, immer weiter gehen wir, dem roten Leuchten entgegen.

# Dämonen

Mitternacht. Du schaust auf. Sterne. Dort oben steigen die Dämonen herab von den Kirchen, wo sie Äonen lang versteinert schliefen. Sie kommen zu dir, der du sie riefst.

Jetzt verneigen sie sich: Herr, schreien ihre Gedanken in dir, Herr befiehl!

Du fegst dieses Bild beiseite. Du erinnerst dich. Ging ich nicht einst an einer Kirche vorbei. Sah ich nicht einst dort oben einen Teufel sitzen? Daran erinnerst du dich. Du erinnerst dich an eine Samstagnacht.

In dieser Nacht - die Spätvorstellung im Kino beginnt: Kleine Schlange drinnen, draußen aber ist es eisig kalt - gehst du durch die Märzkälte am Kino vorbei. Neben dir ragt gigantisch und massiv die Stiftskirche auf. So bleibst du also stehen und ...

Jetzt entfalte ich meine schwarzen Schwingen, denkst du, und lasse mich auf diesem Vorsprung dort oben nieder und hülle mich ein in meine Flügel gleich einer Fledermaus. Wärme, keine Kälte mehr! Und dann erstarrt zu Stein ...

Du gehst weiter, an der Kirche vorbei. Und leise flüstert dir zu deine Seele: Das ist nicht der Weg der Taube! Gefallener Engel bin ich, hier oben, warte und träume und weiß nicht worauf.

So gehst du nach Hause. Zurückgekehrt aus Kälte und Stadtgewimmel, denn Fußball war, die Roten Teufel spielten oben auf dem Betze, dem Berg, heimgekehrt zu dir, in Wärme und Stille und in eine andere Nacht.

Draußen in der Kälte aber, dort oben an der Kirche sitzt eingehüllt in schwarze Flügel ein kleiner roter Teufel mit deinem Gesicht und deinem zitternden Körper. Steinerne Tränen weint er und wartet darauf, dass du ihn rufst.

# Winterhölle

»Höllen! H ö l l e n !!!«, schrie er und rannte, rannte durch die Nacht.

Doch niemand war hinter ihm her.

»Total irre, der Typ!«, meinte sie zu ihrem Freund beim Verlassen der gemütlichen Kneipe mit fetzigem Rock und Kerzenlicht, beim Verlassen von Wärme und Geborgenheit, beim Eintritt in die Winterkälte der Stadt. Sie gingen langsam - Hundert Meter waren es nur bis zum geparkten Wagen, den sie niemals erreichen würden.

Denn nach wenigen Metern schon blieben sie stehen. »Du!«, sie zog ihn an sich und sah im Straßenlaternenlicht sein Gesi... Schmerzen!

Nein, er hieß nicht Dennis! Er war kein Schädelschmied.*

Er riss sich von ihr los. »Höllen! H ö l l e n !!!«, schrie er und rannte, rannte durch die Nacht.

Doch niemand war hinter ihm her.

Sie sah ihm nach. »Oli!«, rief auch sie, ihre Seele, aber nicht ihr Mund. Sie sah ihm noch immer nach, fassungslos, bewegungslos, erstarrt.

Dort hinter ihm, der nun um die Ecke verschwand, tat sich auf die Kneipentür. Ein junges Paar kam Hand in Hand heraus.

»Ich - ich - ich«, flüsterte es in ihr. »Und du! Und du.« Sie verstand nichts mehr, fiel den endlosen Fall - Schwärze.

*: Siehe Jens Lossau, Jens Schumacher: *Kanon der Melancholie.*

## Bahnhof November und der Wald

Du stehst auf dem Bahnsteig in eisiger Kälte, deine Stirn dem wärmenden Sonn entgegengeneigt. Tief atmest du ein. Dann schließt du deine Augen. Atme ein durch die Nase! Balle deine Hände in den Manteltaschen zu Fäusten, und auch die Zehen! Atme aus durch den Mund! So löst sich die Spannung, entsteht ein wenig Wärme.

Irgendwann öffnest du wieder deine Augen. Etwas hat sich verändert. Die hübsche Türkin - schwarzes Haar, dunkle Augen, Rucksack und Tragetasche und ein Muttermal auf dem Hals - und auch die Frau mit dem lockeren blonden langen Haar - wie aus der Werbung, frisch gewaschen - in grünem Mantel und Hose ... alle beide, eben noch in deiner Nähe, sind verschwunden. Du bist allein!

Ein warmer Wind kommt auf. Nanu! Der Himmel ist rot. Nebel steigt empor von den sich auflösenden Gleisen. Verwirrt blickst du dich um. Wo bin ich? Irgendetwas ist geschehen!

Bahnhof und Häuser verblassen und auch der Asphalt unter deinen Füßen. Erde, von Laub bedeckt, taucht auf. Weich. Ja, überall stehen träumend Bäume.

Ich steh im Wald, denkst du. Noch immer staunend setzt du Fuß vor Fuß. Du gehst in eine unbekannte Welt. Irgendetwas ist geschehen! Paralleler Raum, alternative Welt, andere Zeit?

Versunken in Gedanken gehst du weiter und merkst nicht, wohin du gelangst.

Mein Gott, der Zug ist abgefahren! Hier komm ich nie mehr raus, zumindest nicht lebend! dachte er und blieb kurz stehen. Dann aber ging er doch weiter, immer tiefer hinein in diesen urwüchsigen Wald.

Er sah sich sitzen im Zug, gegenüber dieser Frau mit

blondem Haar und über irgendetwas - achja, von seinen kaputten Turnschuhen und der schrecklichen Kälte - erzählen, sah sich im Zug nach Hause sitzen.

Hatte er sich aufgespalten? War er hierhergelangt in einen anderen Körper geschlüpft? Und der Geist, die Seele des anderen steckte nun in seinem alten Körper, fuhr mit seinem Zug zurück nach Kaiserslautern, nach Hause?

Er sah sich um im Gehen. So alte Bäume, gewaltig! Nein, das hier ist eine andere Zeit! Dort, wo ich lebte, gab es auch noch mächtige Eichen, aber nur noch vereinzelt, hier und dort, auf dem Land bisweilen, bei Vater und Schwester und Schwager vor dem Haus.

Er sah sich weiter um. Fragen über Fragen. Und dieser Weg? Wer geht ihn, wenn ich ihn nicht gehe? Woher kommt er? Wohin führt er? Was wohnt im Wald? Wer lauert im Dickicht? Was wartet am Ende dieses Weges? Was wartet dort vorne auf mich? Noch wusste er es nicht, *noch* nicht!

*Eine Lichtung irgendwo.*
Er schleicht sich leise an. In ihrer Mitte sitzt im vollen Licht der Mondin in Versenkung ein Mann mit Bart. Im Zentrum seiner Stirn brennt ein blaues Licht.

Was tut er da?

Du kommst näher und siehst sein Gesicht: Das bin ja ich!

»Hallo, Rainar!«, spricht lächelnd der bärtige Mann.

»Hallo Manfred, großer Magier! Was macht die Kunst? Und wo ist dein Leuchtender Pfad?«

Er antwortet dir nicht.

Du aber schaust auf und siehst den schimmernden leuchtenden Weg, der vor dem alten Magier liegt. Du drehst dich um. Und der Pfad leuchtet auch hinter dir. So weit bin ich also schon gegangen, wunderst du dich, und Mensch und Magier werden in Gedanken eins: Ich, dein

Schöpfer bin du, meine Schöpfung in magischen Welten.

Er lächelt: Ich, Manfred der Magier, wurde von dir geschaffen, mein Gott! Du aber, Rainar, bist mein Werk. So bin ich dein Geschöpf und dein Gott zugleich. So bist du mein Gott und mein Geschöpf zugleich. So leuchtet der Pfad hinter dir und vor mir. Denn jetzt werden wir eins.

Er öffnet sich dir, zieht dich sanft an sich, legt seine Arme um dich und weint.

Und auch du weinst Tränen des Glücks. So sagst du kein Wort, nie mehr. Denn jetzt ...

Ich, Rainar der Mensch und Manfred der Magier zugleich, gehe nun weiter auf meinem Leuchtenden Pfad durch Raum und Zeit, den Schildkröten erträumen vielleicht im strahlenden Mittagssonn irgendwo auf einem warmen Stein über stillen Wassern.

## In einer Stadt im Sommer

In einer warmen Nacht war es im Sommer, als meine Seele summte ein sanftes Lied, ein Lächeln in der Zeit. So schritt ich still dahin auf den leeren Straßen der Nacht durch das schweigende Dunkel hinein in die schlafende Stadt.

Da hob sich vor meinen Augen auf der Staub. Und all das Leid, die Schmerzen und Schreie, Jahrhunderte alt, die stoben davon in Weite, zerstoben im Nichts. Und aus der schwarzen Leere schoss ein kühler Wind mir ins Gesicht, ließ zittern meine Haut. Und ich stand still. Meine Beine, meine Hände, mein ganzer Körper, mein Geist, alles hörte auf zu leben. Denn Kälte kam gekrochen, empor, empor, hüllte mich ein in sanften Schlaf.

## Fahrstuhl aus Glas

Irgendwann, er konnte sich nicht mehr daran erin-nern, wann, war er ihm das erste Mal aufgefallen - na-türlich: Alles geschieht irgendwann einmal zum ersten Mal. Mitten im Samstaggewühle, ja, da sah er ihn, den gläsernen Fahrstuhl. Außen am Gebäude fuhr er in einer Hülle aus Glas empor, Glas in Glas, und Menschen, noch nicht ganz gläsern, stiegen ein und fuhren empor, nein, nicht zu den Sternen. Er aber benutzte ihn nicht.

Später, Monate, Jahre später, eines Nachts ging er wieder an ihm vorüber. Oben im Licht in der Säule aus Glas sah er ihn stehen, still und verlassen.

Verlassen?

Woher weißt du, ob er verlassen ist?, fragte er sich selbst. Und wenn er es wäre - natürlich ist er es - warum ihn nicht besichtigen? Ja, dachte er, etwas könnte in ihm wohnen, nicht bei Tage, doch in der Nacht.

Kaum gedacht, so fand er sich auch schon auf seinem Weg nach oben wieder, im gläsernen Fahrstuhl gefangen. Und er fühlte, da war etwas bei ihm. Und dieser Fahr-stuhl der Nacht und niemals der des Tages stieg höher und höher, raste unaufhaltsam empor, immer schneller und schneller stieg er auf über die Dächern der Stadt und weiter hinauf zu den Sternen. Er sah die Lichter ver-löschen, die Lichter seiner Heimat, die er nun für immer verließ. Denn er fuhr zusammen mit diesem Wesen, das anders war als jeder Mensch, mit ihm, das irgendwie und irgendwo bei ihm, in ihm war, im gläsernen Lift ins All empor.

## Einmal fliegen und sterben

Ja, da war er, ein großer dicker Wagen, schwer und stark und schnell! Er sah es an den Scheinwerfern, da kannte er sich aus. Er sah ihn unter der Straßenlaterne stehen. Ja, das würde gehen.

Er fuhr durch die Schwärze. Er fuhr auf den Straßen einer kleinen Stadt. Mitternacht war gerade vorüber. Alles korrekt. Die Beleuchtung an seinem Fahrrad funktionierte. Ein weißer, schwankender, suchender Strahl voraus ins Morgen und ein glühendes rotes Licht zurück ins Gestern. Es war kühl geworden in dieser klaren Sommernacht. Er fror ein wenig in seinen kurzen Hosen. Aber *das* würde gleich vorüber sein.

Vor einigen Minuten noch hatte er an der Universität gearbeitet und dann, wie jede Nacht, sein Rad bestiegen und war Richtung Stadt gestartet.

Ein Nachtarbeiter war er also?

Nein, ein Tag- und Nachtarbeiter, ein Zweischichtenmensch, täglich, dafür umsonst. Keinen Pfennig gaben sie ihm, kein Wort der Anerkennung, kein Lob. Nur Schimpf: »Noch immer nicht fertig, bei deinem Alter! Arbeiten gehen! Nicht von dem Geld der anderen leben!«, sagten ihm seine Eltern.

Vielleicht wirkte all dieser Ärger mit bei seinem Entschluss, unbewusst vielleicht. Denn jetzt dachte er nicht daran. Er war zufrieden. Die Nacht hüllte ihn ein. Er war stolz über die heute geleistete Arbeit. Ja, er war vorangekommen. Alles war gut. Er lächelte ein letztes Mal, nur ganz kurz. Was man nicht alles so tut für zwei Buchstaben und einen Punkt. Kaum zu glauben, total irre, diese unbezahlten Doktoranden, die da schuften Tag und Nacht, um dann auf der Straße zu sitzen.

Nun aber geht alles sehr rasch. Das große Auto braust heran. Es kommt ihm auf der linken Spur entgegen. Er, auf der rechten Seite der Straße, tritt in die Pedale wie ein Irrer, schießt nur so durch die von Scheinwerfern spärlich erhellte Dunkelheit. Dann ein blitzschneller Schwenk nach links, ein Bersten, und schon fliegt er den ewigen Flug. Einmal fliegen und sterben!

Als er erwachte, fand er alles anders. Weit und breit keine Straße, weit und breit kein Automobil, nirgends die Reste seines Rades. Er lag im warmen weichen weißen Sand.

»Willkommen hier bei uns! Wir haben dich gerufen!«, sprach eine Stimme in ihm. Komm!

Er erhob sich, noch benommen von seinem Tod. Dann schritt er leicht voran, so leicht wie nie zuvor. Schließlich schwebte er fast durch ein rotes Leuchten. Vor ihm schwebte das sprechende Feuer aus blauweißem Licht. Erst jetzt kam die Erinnerung. Einst, einst war es. Hier. Von hier aus war er aufgebrochen. Dieses Licht waren er und sie, ewige Liebe und All. Dieses Licht rief ihn. Er schwebte hinein. Und das Licht erstrahlte in ungeheurem Glanz.

Fern, in anderem Raum, gefangen in Zeit, auf einem Planeten, Erde genannt, wurde die Nacht zum Tag, der Tag zur Nacht. Überall knieten Gläubige und beteten zu ihren Göttern. Manche hielten das Ende der Welt und das Jüngste Gericht für gekommen.

Von ihm aber, dem »ewigen« Doktoranden wussten sie nichts, seinen Namen kannten sie nicht. Er war einer unter den vielen Toten, die es immer gab, die es immer geben muss. Er, nie mehr ein Name, nie mehr ein Mensch, einer nun verschmolzen mit vielen, er nicht mehr, nie mehr, nun Wir.

Auch Wir weilen mit einem Teil von Uns auf Erden.

Wir sehen, Wir fühlen, Wir sind die Milliarden, alle Menschen, die da knien, die da schreien, die da in ihrem Rausch schlafen, ohne zu wissen.

Wir sehen diesen blauen Planeten, und ein Lächeln bricht hervor aus Uns: Diese Kinder! Welch ein Weg vor ihnen! Welch ein Weg, der hinter ihnen liegt. Sie kennen ihn nicht, sie ahnen nichts. Ach, diese Kinder in Uns, seht nur: Sie weinen, sie schreien, sie beten, sie lachen, sie lieben!

# Empor, dein Fall

Eines Abends in einer großen Stadt.

Er hörte den Ruf, stand auf und ging hinaus in die Sommernacht. Hinaus auf die Straße und sah empor, die Volle Mondin dort oben, so still.

»Mondin, Göttin, du«, flüsterten seine Lippen, und seine Seele sang *Mondin*.

So stand er da, aufrecht, mit in den Nacken erhobenem Haupt, versunken und lächelnd.

Ewigkeiten stand er so. Und nichts geschah.

Dann kam einer vorbei und dachte bei sich: »Oh, ein Träumer bietet sich an!« Er grinste, als er den blassen Hals des Mondsüchtigen erblickte, und zog grinsend im Vorübergehen blitzschnell die scharfe Klinge seines Messers einmal durch ...

Wo durch?

Durch seinen Hals!

Noch immer erhobenen Hauptes still und stumm stand der Träumer da, Blut spritzte pulsierend aus der offenen Wunde. So sank er im Zeitlupenfall stumm nieder auf den Asphalt.

Seltsam, wie er da lag, auf dem Bauch, als küsste er die Straße.

Seltsam?

»Nieder! Nieder in den Staub mit dir, kleiner Mensch!«, hatten Straße und Stadt und Zeit geschrien.

# Monolith

Frankfurt, 18.30 Uhr. Du verlässt mit den Massen die Hallen der Messe. Es ist dunkel. Scheinwerfer strahlen.

Du erreichst leeren Raum.

Die Massen strömen noch immer links an dir vorbei.

Da siehst du ihn vor dir, den leuchtenden Monolith.

Also ist auch er nur angestrahlt?

Ja und nein.

Denn du siehst ihn aus sich selbst heraus leuchten.

Er ist es, der da strahlt in deinem Geist.

Er ist es, der dich ruft.

Er ist es, der ...

Magisch zieht er dich an. Magisch!

Du kommst näher. Du bleibst stehen.

Neben dir, nein, weit entfernt, dort, Millionen Meilen hinter dir, rasen die Massen der Menschen nach Hause.

Du siehst sie, ohne dich umzudrehen. Du verharrst, stehst still vor dem leuchtenden Stein.

Näher gehst du nicht. Näher wirst du niemals treten. Nein, berühren wirst du ihn nicht.

Wassergefüllte Becken mit Fontänen, von Platten durchbrochen, rahmen ihn ein, den Stein, Kreise um Kreise um Kreise.

Du schaust empor.

Du siehst sein Leuchten an diesem Abend, und deine Füße schmerzen nicht mehr vom Buchmessenlaufen. Die Schreie der Welt sterben in dir. Sie durchrasen deine Ohren und treffen dich nicht. Nichts erreicht dich nun mehr.

Nun siehst du nur noch eins. Nun siehst du nur noch ihn. Und langsam drehst du dich um, langsam drehst du dich nach links.

Jetzt siehst du sie. In vollem Licht erstrahlt die Göttin Mondin. Mit lautlosem Schrei bricht sie hinter den Wolken hervor. Jetzt siehst du sie.

Volle Mondin, denkst du, Zeit der Liebe, Zeit der Morde, Zeit, in der der Werwolf erwacht.

Wieder wendest du dich dem Monolithen zu.

Wieder erinnerst du dich, erinnerst dich, erinnerst … Erinnern, Erin… Er… Monolith, die Volle Mondin.

Nein, nicht 2001, nicht Clarke, nicht Kubrick. Es … es … aaah … Ein Stein, Einstein. Die stillen Stätten der Opfer.

Menschen schreiten stumm zum Stein.

Du hörst ihr lautloses Singen.

Sie singen den Rausch der Verzückung, sie singen ihre Totenlieder.

Dann siehst du die strahlenden, bläulichweißen, im Mondinlicht reflektierenden Messer.

Druiden heben sie empor, halten sie ihr entgegen.

Du siehst das Blitzen der Messer. Du hörst das Schreien ihrer Seelen.

Dann spürst du für einen kurzen Augenblick einen leichten Schmerz am Hals, während du das Totenlied singst, dein Totenlied singst.

Du singst es. Deine Seele schreit.

Bronze zerschneidet deine Kehle.

Das Blut fließt, dein Blut strömt.

So gehst du ein in die roten Träume der großen Erdenschwester Mondin.

## NW

NW, das steht für Neustadt an der Weinstraße, einer kleinen Stadt in der Pfalz, und die liegt bekanntlich mitten in Europa, dem westlichen Teil Eurasiens, einem von mehreren Kontinenten zu einer Zeit auf einem Planeten mit Namen Erde.

Metallerstarrt e Elwedritsche.

Am Brunnenrand balzen die Tauben.

Irgendwo war da etwas mit Büchern.

An mehr kannst du dich einfach nicht erinnern.

Sommer-Sonn-Mittag. Pizza vielleicht?

Irgendwann wird irgendwer vor dir oder neben dir stehen, mit leuchtenden Augen voller Sehnsucht und Jugend und Glück. Er aber hinter dir wird dir das Messer zwischen die Rippen stoßen.

Niemand wird es sehen. Niemand auf offener Straße wird kommen, dich zu stützen, während du endlos fällst, dem Kuss deiner Mutter entgegen, die dich auffängt in ihrem Schoß, aus dem sie dich gebar.

Fern ist dann dein Vater, denn es ist Nacht. Und die Volle Mondin schreit in dir, singt Hexenbesensalbenträume. Auch du betest diese Göttin an. Rasend schlägt dein Herz. Und schon zerfällst du zu Staub.

## Was ist?

Was ist?, schrie es in ihm. Er drehte sich rasend im Kreise. Und sieben Mal »Was« rief sein Mund in alle Himmelsrichtungen: »Was? Was? Was? Was? Was? Was? Was?«,

Doch keine Antwort kam zurück.

Die Straßen der Stadt, die er nicht mehr sah - so rasend schnell drehte er sich - blieben leer.

All die Lampen erloschen.

Tiefe Nacht.

Schwarz war die Stadt und still und verlassen.

Er aber begann zu glühen. Denn rasendes Drehen in Luft ist Reibung, und Reibung ist Hitze, und Hitze ist Leuchten. Er lebte schon lange nicht mehr. Noch immer aber rotierte sein Körper glühend durch schwarze, stille Nacht.

Leuchtend starrten die Augen der Katzen ihn an, die nun hierher, an diesen Ort zu dieser Zeit gekommen waren: Welch ein Wunder!

Und Lucy, die ihn trotz allem erkannte, miaute klagend sein Totenlied.

So hatte nun seine Seele im Bardo, der Zwischenwelt, die Wahl, als Mensch oder Katze wiedergeboren zu werden.

Für welchen Körper würde er sich wohl entscheiden?, fragst du, ein Mensch.

Dir aber, dem Katzenwesen aus fernen Zeiten, ist alles klar. Denn du bist er, bist sie, bist immer wieder bis in alle Ewigkeit.

## So was wie Crocodile Dundee

Am Abend, auf dem Weg vom Bahnhof nach Hause, ja, dort, kurz vor dem Platz, dem Platanenplatz, wo der junge Mann noch immer auf einer Bank sitzt und ewig ins Angesicht der Mondin schaut, die ihn ruft, da geschieht es.

»Was?«, willst du wissen.

»Das! Schau es dir an, erlebe es mit, sei er!«


Er geht ihr entgegen und sieht eine Klinge vor seinem inneren Auge. Welch ein Leuchten! Ein Messer, ein Schwert! Und in diesem irgendein Licht.

Dann kommen die Bilder.

Baal singt Adam zu: »Hah-hoo! Ich ha-be ein Messer!«

Er zieht es.

»Und weißt du, was ich damit tue? Ich stech dich ab wie eine Sau!«

Adam zieht sein Schwert: »Hab' ich auch! Aber ein größeres! Haha-ha!«

Baal sticht einfach zu.

Adam sackt lautlos zu Boden. Blut sprudelt aus seiner nun nackten - wieso? wann? wie? - Brust.

Dann erscheint ein Grinsen auf seinem Gesicht.

Highlander fällt dir ein, richtig. Er ist nicht tot, nein.

Er steht wieder auf.

Er schwingt sein Schlachtermesser - seltsam, war es nicht eben noch ein Schwert?

Es trennt den kichernden, noch im Flug kichernden Kopf seines Gegners ab.

Welch ein Sprudeln und Pulsen seines in diesem Licht so farblosen Blutes!

Doch auch Baal ist nicht tot. Kopflos erhebt er sich. Kopflos greifen seine Hände das fallengelassene Schlachtermesser-Schwert seines Gegners. Dann hackt er Adam in zahlreiche, klitzekleine Stücke: Erst den rechten Arm, dann den linken, ein Bein, das zweite Bein - sehr methodisch alles, sehr gründlich, der Typ könnte Naturwissenschaftler sein oder ein deutscher Beamter -, dann den Rumpf in zwei Teile, ab die Rübe und auch den Schwanz und seine Eier. Mal kosten hier, mal kosten da: »Schmecken Adam, Fleisch von Mensch, GUT!«

Dann sucht und findet er, setzt seinen Kopf wieder auf, packt die Teile des anderen in seinen Sack - Hunger! Hunger! Hunger! - und stapft dröhnenden Schrittes in die Nacht davon und irgendwie zugleich hinauf und hinein in das Licht der Vollen Mondin.

# Licht aus!

Aus ist das Licht, aus! Überall ringsum hier drin - aber nicht in dir! So schnell kann's gehen.

Und auch draußen erlöschen die Lichter im Tunnel. Nacht, sternenlose Nacht.

Du sitzt allein im Abteil. Und der Zug rast weiter durch das Nichts.

Was tun? Nachdenken, Ruhe bewahren. Vielleicht geht das Licht ja gleich wieder an, und alles wird gut.

Aber so ist es ja nicht immer im Leben. Irgendwie weißt du, dass es auch hier nicht so sein wird.

Du schließt die Augen und siehst ihn vor dir. Dort kommt er unaufhaltsam auf dich zu. Es ist der Schaffner, der sich durch die Schwärze tastet, augenlos.

Irgendwann wird er auch an deiner Abteiltür klopfen, wie an all den anderen zuvor.

Und - haha - eins ist sicher, was immer auch dann geschieht, er wird sie *nicht* sehen wollen, deine Monatskarte! Wie sollte er auch?

# Ausländer raus!

*Europa Endes des 20. Jahrhunderts.*

»Ausländer raus!«, schreit er, einer unter vielen. Und alle jubeln, und alle klatschen.

Dann in der Nacht, das hat er vor, wird er den Mollie ins Asylantenheim werfen. Und wieder werden Menschen brennend und schreiend sterben, Männer und Frauen und Kinder.

Da trifft ihn etwas am Kopf, aus heiterem Himmel, mit einem Schlag wie ein Donner. Bewusstlos fällt er zu Boden. Von fern ertönt immer mehr verklingend: »Nazis raus, Na-zis ra-u-s, Na---zis raus ...!«

*Afrika irgendwann früher.*

Er schlägt die Augen auf. Umringt von Schwarzen, trockenes Land, heiße Sonne.

»Ausländer r e i n !«, rufen sie in ihrer Sprache, die unser Skinhead merkwürdigerweise versteht. Oder sprechen die etwa Deutsch?

Cool bleiben, ganz cool! Und 's Maul halten!, denkt er. Oder besser noch: Erst mal wieder die Augen schließen!

Öffnen!

Und ... nichts hat sich geändert.

Doch. Denn jetzt greifen Arme nach ihm.

Rein mit ihm in den großen Kessel mit dem heißen, kochenden Wasser.

»Weis-ses Es-sen, guuut!«

Letzte vergehende Gedanken - und seltsam, alles hat sich bestätigt, was er einst über diese Wilden dachte: Hab's gewusst! Niggerpack! Menschenfresser! Primitive!

Was er aber nicht weiß, noch nicht oder nie erfahren wird, ist, dass dies die Hölle, *seine* persönliche Hölle!

## Du und er

Du?«, schrie er. »DU?! DU!«

»Ja!«, antwortete der andere mit flüsternder Stimme - einer Stimme, die wie ein Schatten war, wie der Schatten seiner Stimme. »Ja!«, antwortete seine Schattenstimme.

Er sah ihn nicht. Er sah nur seine Silhouette gegen das Licht der Straßenlampe. Doch er wusste, wer der andere war. Er wusste es einfach So war es mehr ein Ausruf des Schreckens als eine Frage, dieses DU, das er geschrien hatte.

Denn DU bist ER, und ER ist DU.

Und wer bin ich, der ich diese Worte schrieb?

Und Du, liebe(r) LeserIn, wer bist du in dieser Nacht an diesem Ort und überhaupt?

## Dann

Oh, wenn die Wölfe heulen, die Wölfe der Nacht, wenn der Wahnsinn dich packt und deine Augen zu glühen beginnen im roten, toten Licht ... und wenn ihr euch erhebt aus den Gräbern eurer Ahnen ... und wenn die Nacht erwacht, dann ... dann ...«

Sterbend stammelte er dies, und niemand erfuhr, was dann wohl sein würde. Nicht du, nicht er, nicht sie, und ich?

Ich hörte seine letzten Worte. Weit entfernt stieg ich einen Hügel hinauf, die Wilhelmshöher Straße in Frankfurt am Main. Ich hörte seine Worte tief in mir widerhallen und schrieb sie nieder. Und nichts weiter geschah mit mir: Kein Heulen, keine Wölfe, kein »dann«, nichts außer meinem unaufhaltsamen Aufstieg mit krankem Herzen, von dem ich damals noch gar nichts wusste, vor meinem dreijährigen Job als Buchhändler, vor dessen Ende und den Operationen - und vor diesem Buch und ...

# Wolfen*

Der Geist verwandelt den Körper!

Du schaust auf in das Licht der Vollen Mondin, die jetzt hinter Wolken erscheint. Du schaust auf.

Dann neigst du dich hinab zur Erde. Dann setzt du den Abdruck der Pfote in den Sand. Dann leckst du das Wasser der Pfütze.

Rasend rennst du fast auf allen Vieren durch die Nacht. Die Jagd, die *Jagd*! Denn nun bist du ein Wolf, doch nicht allein im Großstadtdschungel.

Ein anderer, der dich beobachtet, sieht dort einen Menschen laufen.

So bist du also doch kein Wolf zu dieser Zeit auf dieser einen Erde?

Was aber geschieht in einer Welt, in der die Volle Mondin ewig leuchtet und keine Wolken sie verhüllen, wo niemals der Tag erwacht, wo ewig ist Nacht?

Gibt es denn dort überhaupt Menschen?

Denn Menschen sehen. Denn Menschen sind Augenwesen. Denn Menschen sind ohne ihre Technik im Dunkel verloren. Niemals hätten sie sich so weit entwickelt in dieser dunklen Welt unter Mondinlicht und Sternenleuchten. Wer also beherrscht hier die Nacht?

*: Gedanken zum gleichnamigen Film.

# Ich komme!

»Ich komme! Ich komme!«, schrie er dem entgegen, das ihn rief.

Und niemand sonst hörte seinen Schrei.

Auch hörte niemand diesen Ruf in ihm.

Denn er war allein unter Menschen. Nur *er* konnte ihn hören, *er allein*.

»Ich komme!«, sang seine Seele ein drittes Mal ihr »ja« in die sternenklare Nacht. Inzwischen aus dem Haus gestürmt stand er nun auf leerer Straße und sah empor in das Meer aus Schwärze und glitzernden Punkten.

Dann sank er sterbend zu Boden.

Die Erde fing ihn weinend auf in ihrem mit Asphalt bedecktem Schoß.

## Einer, der strauchelt

»Was ist mit dir?«, riefen sie. Denn er strauchelte und taumelte, fiel einen endlos scheinenden Fall.

Stimmen von fern, die rufen, murmeln, verklingen. Der vergebliche Versuch einer Antwort: »Ich ... ich ... ich ... Was?«, die Frage irgendwo aus mir, in mir, dann Schwärze.

Irgendwann, irgendwie, irgendwo tauchst du auf aus dem Schweigen dieser einen Nacht. Zunächst dein Ohr, der Ton: Stimmen rasen, rotieren. Dann das Augenlicht: So strahlend weiß, so hell, so ... Du öffnest deine Augen ein zweites Mal.

»Der steht nicht mehr auf! Tot! Mausetot!«, meinte irgendwer zu irgendwem. Alle waren sie sensationslüstern herangeeilt, ihren eigenen Tod zu schauen, der nicht der ihre war und niemals sein würde.

# Irgendetwas unterwegs

Du gleitest auf hohem Rosse durch die Nacht.

Nein, da ist kein Pferderücken und auch kein Hufschlag unter dir, sondern ein Fahrrad, dessen hochgezogenen Lenker du aufrecht sitzend in den Händen hältst.

Es ist warm. Doch ein kühler Wind durchweht dein Haar. Es ist nicht dunkel, denn Lichter brennen am Rande der Stadt. Du trittst eifrig in die Pedale. Mitternacht ist schon vorüber. Du bist ganz gut gelaunt, denn du bist weitergekommen, unaufhaltsam deinem Doktortitel entgegen.

Gedanken: Es geht voran. Auch wenn ich noch ein Zimmer finden muss bis August, auch wenn mein Geld zur Neige geht und noch keine Anstellung in Sicht ist und ich noch immer einen Berg Arbeit vor mir habe, ich werde es schon schaffen.

So gleitest du weiter lautlos deinem Zuhause entgegen. Da trifft dich etwas an der linken Schläfe.

Ein dicker Brummer!, denkst du lächelnd.

Doch irgendetwas sitzt dort fest.

Deine linke Hand verlässt den Lenker deines Rades, tastet, versucht, das Ding dort zu entfernen.

Es geht einfach nicht ab, sitzt fest!

Dann fühlst du einen brennenden Schmerz. Warm läuft es dir die Wangen hinab. Du hältst an, verblüfft. Es ist mein Blut, das ist dir klar. Du schiebst dein Rad auf den Bürgersteig. Du setzt dich ins Gras. Deine linke Hand fühlt noch einmal, fühlt ein Loch in deinem Kopf.

Irgendetwas hat mich getroffen, saß außen auf, ist jetzt in mir!, denkst du.

Dann ein Blitz. Aus deinen Augen fällt das Licht. Deine Ohren hören nie mehr den Klang der Welt. Dein Mund bleibt ewig stumm. »ICH, Ich, i c h«, schreit es, ruft es, flüstert es leise verklingend - Stille in dir. Du stirbst.

Ein lautes Lachen, wie von fern. Das Andere in dir. Es hat gesiegt!

## Tauben fliegen auf

Tauben fliegen auf von den Straßen
Menschenleer die Stadt
Etwas kommt

Du schaust empor ins blaue Licht der Vollen Mondin. Noch immer ist da das Flattern der Tauben in deinen Ohren.

Irgendwo ein Sirren von Stahl.

Köpfe rollen!, denkst du.

Rollen Köpfe?

Gebannt schaust du, mit deiner Schwester Mondin auf ewig vereint.

Schatten huschen über Asphalt. Schreie.

Ratten?

Tausende von Ratten verlassen diese, deine Stadt.

Ein sinkendes Schiff?

Schritte, Schreie, Schritte. Etwas geschieht.

Dann stürzen lautlos die Häuser vor deinen Augen ins Nichts. Schwärze steigt auf, Schwärze fällt herab. Lange Zeit Schweigen.


Du schwebst in der Leere.

Bilder entstehen. Wachsen, Wechsel, schneller, immer schneller, rasender Strom. Und auch Klänge und Lieder, Worte und … Geräusche aller Art werden in dir geboren. Haut und Seele stöhnen, schreien:

»Oh, dies zärtliche Streicheln, ja, mehr!

All diese Peitschenschläge: Nein, ich bin es nicht!«


In die Höhle kehren zurück die Fledermäuse.

Das weite grüne Land ist voller Tiere.

Gehe ich?, fragst du dich.

## Ein Bersten

Erinnern:
Eben noch gingst du
bei Nacht auf ebener Straße
Reisst auf dein Haar, ein Knochenbrechen
Dein Kopf birst ...
Nebel, Nacht, ein Leuchten

Doch du lebst
Federleichtes Schweben, vom Winde verweht
Unter dir die alten Pfade schwinden
Gestern noch hattest du Sorgen
Dieses, jenes und anderes Leid
Gestern ...

Flügel
aus Geist geboren
Hinfort trägt dich
ein sanftes Sehnen
hinfort!

## Amok

Tanzend
den Schwertertanz
auf einer Straße
voller Blut

## Zimmer unter dem Dach 4

Diese eine Straße aber, auf der du jetzt gehst, sie führt geradeaus.

Welch seltsame Träume der kleine, große Poet in seinem Zimmer dort oben doch träumt!

Immer weiter hinaus führt sie in ebenes Land. Wilde Wiesen blühen hier. Sommerwiesen. Und ein Summen erfüllt Luft und überall Duft.

Halt! Es ist doch Nacht, die Volle Mondin scheint dort oben. Also kein Blühen, kein Summen, keine Wärme, nirgendwo?

Nein und ja! Denn Nachtblüten haben sich jetzt geöffnet. Schwärmer und Eulen besuchen sie. Laubheuschreckenmännchen grillen. Bäche und Flüsse und Seen. Wiesen, die wachsen, sich wandeln zum Wiesenmeer. Hohe Halme, die sich wiegen im Wind. Eine Steppe, die irgendwo in Wüste übergeht, dort, wo am Tag der große Vater mit Namen Sonn herrscht und nur bei Nacht die Mondin.

Auf der anderen Seite aber, hier und da ein paar Bäume, wird Wiese zur Savanne, und weiter, weiter entfernt lebt Wald, den ein einsamer Magier namens Manfred durchschreitet.

Und dann sind da noch andere Meere, aus Wasser und Sternen gemacht.

# Wogendes Wiesenmeer

## und See und mehr als Meer

### Die Wolken

Da sah ich die Wolken
die zogen vorbei
geboren aus den Wipfeln der Bäume
so glitten sie dahin ohne Laut
dem weißen Licht
der Mondin entgegen

## Unter der Mondin Licht

Lange nach Mitternacht.

Über dunkle Straßen irgendwo in der tiefsten Pfalz fahren drei junge Männer in einem Wagen, den man nicht mehr so richtig »Automobil« nennen kann, denn er hat massive Probleme am Berg.

Irgendwo dort oben über ihnen ruft sie, die alte Göttin, i a hu - oder heißt sie nicht doch i a o ?, aber was sind schon Namen? - irgendwo dort oben leuchtet die Volle Mondin.

Sie halten an, parken, steigen aus und laufen hinein in die sumpfige Wiese, bis zum Wiesengraben, Grenzbereich zur Anderswelt, den sie heute nicht überqueren. Dort schauen sie empor in ihr Antlitz.

Zwei waren schon einmal hier, einen führten sie mit, ja den, dessen Buch sie beim Künstlertreffen mit Lesung gerade erworben haben. Das ist dieser große, kleine Rainar, der Autor vom *Ruf der Mondin.* Und einer unter ihnen, Manuel, ein Magier, ruft die Mondin an.

Sie aber antwortet nicht - zumindest nicht mit lauter Stimme. Schweigend strahlt ihr mildes Licht. Lediglich ein Nachtfalter flattert vorbei.

Also kehren unsere Helden wieder zurück  zum wartenden Wagen, zur Stadt, zu Wohnung und Heim.

## Gras und Tränen

Er ging nach Hause und sah die Mondin dort oben zwischen den Zweigen und Blättern des Baumes schimmern.

Da blieb er stehen.

Und auch die Mondin stand still und stumm.

Beide sahen sich an.

Dann hob er die Arme empor und fiel zugleich ins Gras und auf die Knie. Noch immer sah er hinauf in das milde bläuliche Mondinlicht.

Dann hörte er den Ton, so seltsam, so fremd und doch so bekannt.

Und der Ton ließ sein Herz zittern.

Und der Ton schrie in seiner Seele. Er weinte Tränen in die Nacht.

Und der Ton war der Schrei eines sterbenden Menschen. Es war ein Klang aus seinem Morgen.

## Nachtsirren

Der sirrende Ton des Schwertes! An diesem Abend. Auf dieser Erde. Irgendwo. Irgendwann.

Du öffnest deine Augen. Du schaust auf von einer Wiese, wo du im Lotos sitzt. Da ist nirgendwo ein Schwert. War das Sirren nur ein Traumgespinst?

Wieder schließt du deine Augen.

Tief atmest du die Wärme des Sommers ein. Und du riechst. Tausend Dinge riechst du: Blütenduft und Wildgeruch.

Und du hörst ein sanftes Atmen, von fern. Hinter dem Heuschreckenzirpen brechen andere Klänge hervor, das sind die Grillen der Nacht! Und du lauschst dem »lautlosen« Flug der Eule. Fledermäuse flattern über deinen Kopf hinweg.

Du erinnerst dich an die endlos scheinenden Nächte, wo du träumend sitzt im Park auf einer Bank und dem Ruf der Mondin lauschst, ewig gebannt.

Und wieder ist da der sirrende Ton des Schwertes, der deinen Kopf vom Rumpf trennt? An diesem Abend. Auf dieser Erde. Irgendwo. Irgendwann.

Du öffnest deine Augen, die sitzen noch immer in deinem Kopf und der am Hals. So hat alles seine Richtigkeit. Du schaust auf von einer Wiese, wo du im Lotos sitzt.

## Heulen

Du hebst dein Haupt, du öffnest deinen Mund. Dann beginnst du zu rufen.

Wen rufst du?

Du rufst die anderen - Wölfe.

Sie antworten dir, denn du bist der erste unter ihnen, denn auch deine Frau, die andere Erste fiel in deinen Ruf ein.

So also stimmen wir uns ein.

Und auch die Dingos in den Wüsten Australiens hören unseren Ruf.

Und die Hunde in den Städten.

Die Jagd beginnt.

## Deine Freunde der Nacht

Noch liegst du auf dem Rücken im Gras der Wiese. Deine Augen sind offen. Du hast den Ruf vernommen.

Noch liegst du dort und siehst dort über dir die Sterne leuchten, und auch die Volle Mondin.

Du hörst nicht die zitternden Blätter. Doch erinnerst du dich an vergangene Zeit. Damals sahst du die Blätter schwingen, kein Wind wehte dort, denn das war Innenwelt.

Hier aber ist Außenraum, ist Erde.

Hier erhebst du dich nun.

Dann singst auch du.

Und dort kommen sie, die deine Freunde sind, dort kommen sie jetzt inmitten der Nacht.

Sie kommen in Wolken, Mondin und Sterne verdunkelnden Wolken.

Sie sehen die Welt mit Mund und Ohren. Flatternde Wesen der Erde, kleine flatternde, pelzige Wesen sind deine Freunde.

Nein, es sind keine Nager. Vögel sind es auch nicht.

Jetzt hörst du, weißt du ihren wahren Namen. Nur sie und du und Gott kennen ihn nun.

Von den Menschen aber werden deine Freunde »Fledermäuse« genannt.

## So heulen die Wölfe

So heulen die Wölfe, wir: »Komm!«

Und du, was tust du in dieser Nacht der Nächte hier auf einsamer Straße unter ihrem bleichen Licht? Was tust du nun?

»Streif ab, wirf weg und komm!«

Und es geschieht, wie es geschehen soll. So kehrt deine leuchtende Seele zurück in deinen alten Körper. Dann läufst du hinaus in die Weite, weg von den Lichterketten, ins Land hinaus, über Wiesen und Ebenen, durch lichten Wald, dem Ruf deiner Schwestern und Brüder entgegen.

# Ich habe es (nicht) getan!

Ich habe es getan, dachte er freudig erregt und lachte.

Das kam ihm doch sehr bekannt vor. War ihm das nicht schon einmal eingefallen? Doch was war es eigentlich, das er getan hatte? Er wusste es nicht. Also schrieb er es nicht, also erfährst du es nicht. Nie! Und nun?

Ich habe es nicht getan, dachte er traurig. Das nicht und jenes nicht und so vieles andere auch nicht.

»Siehst du, jetzt könntest du tot sein«, sprach er zu sich und sah sich im Spiegel an, »und all dies hättest du nicht getan. Und wenn doch, hättest du anderes nicht getan. Keine Chance. Denn tust du eins, tust du anderes nicht, ganz einfach, weil das eine das andere ausschließt. Und würdest du gerne reisen, so hast du kein Geld, nicht die Zeit, keine Lust oder ...«

All dies habe ich nicht getan, dachte er jetzt, da er im Staub auf der Straße lag.

Und niemand war bei ihm.

»Allein!«, schrie seine Seele, »immer allein!«

Doch die Nacht hüllte ihn ein. Über ihm strahlten die Sterne und - die Volle Mondin, in deren Licht alles geschehen war, geschieht und geschehen wird.

Mit dem Auto?

Nein, zu Fuß war er in der Nacht unterwegs gewesen. Nie zuvor hatte er das getan, und nun ... Wohin hatte das ihn gebracht!

Jetzt lag er also hier auf einsamer Straße, die sich durch die letzten Reste von Wald wand. Und nirgendwo hier unten auf Erden war da ein Licht und nirgends ...

Ein Heulen.

Das sind ja Wölfe!, wunderte er sich, noch immer auf der Straße liegend, so schwach, ohne Atem - mein Herz! - mein Herz!

Das Heulen kommt näher.

So sammeln sie sich, so rufen sie ... dich.

Jetzt sind sie bei dir.

Sie schauen dich an aus leuchtenden Augen - die spiegeln das Licht der Mondin und der Sterne.

Du aber bist nur ein Mensch, so krank, halbtot - ein Opfer, erledigt, am Ende, also ...

Doch du verwandelst dich in einen von ihnen, erhebst dich auf alle Viere.

Die anderen kommen näher, beschnuppern dich.

Und seltsam, da ist kein Kampf um den Rang, kein Verjagen, kein Beißen, kein Knurren, keine Angst. Sie nehmen dich einfach so auf in ihre Mitte.

Nie mehr wirst du nun Menschendinge tun.

Denn das alles liegt nun endgültig hinter dir.

Und wieder ist es - jetzt aber stört es dich nicht mehr, nie mehr - wieder ist es so, wie es schon immer war: Tust du das eine, tust du das andere nicht, und allzuoft tatest du nichts! Aber jetzt ist alles anders. Denn ... (deine Menschengedanken verlöschen).

Ich habe es getan, denkt der Weiße Wolf. Ich habe (die Menschen) verlassen. Ich bin (Wolf). (Heimgekehrt).

## In der Nacht

Dort stehst du mitten unter ihnen.

Sie tanzen um dich herum.

Siehst du sie?

Du siehst sie nicht. Doch du weißt, dass sie da sind.

Was tue ich hier?, fragst du dich benommen.

Nebel. Klänge von fern. Flammen prasseln in der Nacht. Du fühlst sie. Irgendwie steht die Welt auf dem Kopf. Welch ein Schauspiel! Welch ein Anblick! Welch ein Ohrenschmaus!

Und noch immer begreifst du nicht, welche Rolle du hier spielst, als die Klinge deinen Hals zerreißt.

Hoch hängst du.

Sie haben dich an deinen Beinen aufgehängt.

Dein Blut läuft hinab in eine hölzerne Schale.

Die anderen tanzen noch immer um die Flammen.

Dann reichen sie Becher aus Eichenholz herum, mit warmem rotem Saft, frisch und eisenhaltig, lebendig noch und - nahrhaft! Ist auch was für die Kleinen. Damit werden sie groß und stark.

## Traum von Wölfen

Ja, ich bin ein Nachtmensch, einer, der hellwach ist in den Nächten, noch lange nach Mitternacht, wenn andere längst schlafen, einer, der früh nicht aus den Federn kommt. So einer bin ich, das ist wahr.

Vielleicht wählten sie mich deshalb aus.

Doch wer überhaupt sind *sie*?

Ich weiß es nicht, doch fand ich mich eines Tages, nein, eines Nachts wachend in den letzten Sümpfen des Westens wieder.

Merkwürdige Dinge sollen hier geschehen. Einheimische sprechen von Spuk und Totengeistern, von Vampiren und vom Werwolf in den Nächten, im fahlen Mondinlicht.

So lag ich da, im Gestrüpp verborgen, zitternd in der warmen Sommernacht.

Vor mir schlängelte sie sich vorbei, still und hell, wie ein leuchtender Pfad ins Dunkel, die Straße aus Asphalt, die durch die Sümpfe führt. Und auch ringsum war alles still und friedlich - eben noch - und ist es jetzt und gleich, noch immer.

Ein toter Sumpf, ein totes Moor?

Mag sein. Vielleicht aber war das nur die Ruhe vor dem Sturm, die Stille, die den großen Dingen vorausgeht.

Da! Dort schleicht ein Schatten, setzt sich auf die Hinterbeine.

Ja, es ist ein Schäferhund, oder etwa ein Wolf?

Hechelnd, die Ohren gespitzt wartet er.

Sieh an, da kommen ja noch zwei weitere hinzu. Sie sitzen ruhig einfach so da. Sie warten. Worauf?

Ein dunkler Mann kommt tappend und tastend, dreibeinig die Straße herab. Es könnte Peiv sein. Du erinnerst dich an des toten Mannes Kiste, Stevensons *Schatzinsel*. Ja, er ist es! Peiv ist's, Stevensons blinder Bettler, wahrhaftig auferstanden von den Toten!

Was aber wird nun geschehen?

Hier der Bettler, dort drei lauernde Wölfe. Sie schauen ihn an.

Du siehst ihre rot leuchtenden Augen.

Wölfe aus einem Horrorstreifen!

Dann schießen Strahlen roten Lichtes heraus und treffen sich im Zentrum seiner Stirn.

Es sind tatsächlich Laserstrahlen, die seinen Kopf, sein Hirn, die ihn verbrennen.

Und der Wandel beginnt. Er sinkt hinab auf alle Viere. Aus Grau wird Schwärze, aus Kleidung Fell. Weit hängt ihm auch die lange Zunge heraus. Und schon läuft er als vierter Wolf zu den anderen hinüber.

Doch warum bin ich nun hier?, sollte ich mich fragen und tue es niemals. Denn ich wache auf.

# Kinder der Nacht

Es dämmert der Abend. Es ruft uns die Nacht, die Nacht!

Die Nacht ruft ihre Kinder.

Du liegst auf kühler, feuchter Wiese.

Du öffnest deine Augen, ein letztes Mal?

Du schaust empor ins Sternenmeer. Dort, staunst du, dort!

Und noch immer stammelt dein Mund seltsame Worte in das Schweigen, in das Singen der Nacht. Deine Sehnsucht ist der Ruf. Die Sterne rufen dich.

Und dann ist da ein Flattern von tausend Flügeln. Sie verlassen ihre Höhlen.

Du siehst sie im fahlen, bleichen Licht der Vollen Mondin. Flattertiere, Fledermäuse.

Irgendwo ertönt ein Heulen.

Die Heerscharen der Nacht ziehen aus auf die Jagd.

Du fühlst es so tief, so stark in dir, du weißt es.

Warum?, solltest du dich wundern und tust es doch nicht. Noch immer liegst du auf dem Rücken in - warmer Wiese. Das Gras hüllt dich ein. Noch immer bist du auf der Lichtung des Waldes, der heute nirgendwo endet, grenzenlos ist.

Jetzt setzt du dich auf. Du hältst deinen Atem an. Du spitzt deine Ohren. Du lauschst den Liedern der Nacht.

Auch du, denkt etwas in dir, auch du!

Komm! Kommt, Kinder der Nacht!

So erhebst du dich. So stehst du auf.

So bist du auferstanden, nicht von den Toten, sondern von denen, die weder tot noch lebendig sind, so bleibst du ewig stehen, denn es hüllt dich ein der Mondin Schein, die dich ruft, die dich ruft ohn' Unterlass, die dich ruft!

Und jetzt öffnest auch du deinen Mund und dein Herz. Du öffnest Hirn und Bauch. »Ich komme!«, schreist du.

Und die anderen Wölfe, eben noch Hunde, antworten dir.

Und du verstehst. Du weißt, sie werden kommen. Du weißt, sie werden dich begrüßen.

Denn die Nacht ruft, sie ruft ihre Kinder.

## Zähne

Oh, zuckender Tanz der Leiber bei Nacht, in dieser Nacht.

Die Mondin ruft in dir. Sie ruft dich. Sie ruft nach Blu...

Du musst es tun.

Du tust es!

Du öffnest deinen Mund.

Wie sie funkeln und glänzen und glitzern im Spiegel des stillen Sees, an den Grenzen von Wasser und Luft, deine Zähne. Du befühlst sie mit dem Zeigefinger, du ziehst ihn mit einem Schrei zurück. Er blutet. Deine Zähne sind messerscharf!

Wieso?, fragst du dich, wozu? Und eine Gänsehaut läuft dir den Rücken empor. So sträubte sich einst dein Nackenfell.

## Die Nebel

Eines Nachts werden kommen die Nebel: weiß und rot und glühend, geboren aus den Tiefen der Meere.

Gestern versunken. Schlafen noch heute. Morgen aber schon steigen sie empor.


Wallende Wand aus blutendem Lachen, weinender Schrei auf deinen Fersen.

Atmet ein dein Leben und wächst.

Feuer und Tod über den Städten der Menschen.

## Das Meer

Breite aus deine Arme, treibe still dahin in einem Meer von Blut, in diesem Meer, das Menschen schufen, und warte!

Denn sie werden geboren, sie, die trinken dein Blut, die leben von dir.

Warte! Treibe still dahin!

Schon sind sie da, dicht unter dir, die Zähne, brechen auf dein Fleisch - auch zwischen den Rippen - packen sanft dein Herz und reißen es entzwei.

## Was siehst du?

*Was siehst du?*
Ich sehe die Mondin dort oben.
*Was siehst du?*
Ich sehe sie voll und klar und hell.
*Was siehst du?*
Ich sehe schwarze Wolken nahen.
*Was siehst du?*
Ich sehe schwarze Wolken die Mondin bedecken.
*Was siehst du?*
Ich sehe rotes Licht durch die Schwärze der Wolken funkeln.
*Was siehst du?*
Ich sehe die Wolken davonziehen, die Volle Mondin scheint rot.
*Was siehst du?*
Ich sehe das Blut. Es sprudelt aus ihr. Es strömt herab zu mir.
*Was siehst du?*
Ich sehe mich ertrinken in Strömen von Mondinblut.
*Was siehst du?*
Ich sehe meinen Atem erlöschen.
*Was siehst du?*
Ich sehe die wimmelnden Maden in meinem Fleisch.
*Was siehst du?*
Ich sehe mich liegen, bleich unter Mondinlicht, eiskalt.

*Sage mir, Freund, was hast du gesehen?*
Ich sah die Ewigkeit nach meinem Tod.
Ich sah mich sterben, immer wieder sterben, immer wieder.

# Hier

Über dir ziehen Wolken.

Du stehst auf aus dem dichten, feuchten Gras. Es ist Abend und Mai, ein trüber Tag. Lange hast du geschlafen.

Grau sind die Wolken über dir.

»Nie mehr wirst du Sterne sehen!«, schreit etwas in dir vor Entsetzen auf.

»Aber das wäre doch mein Tod?!«, antwortest du dir flüsternd.

Nun ist der Himmel über dir eine einzige graue Decke aus Wolken.

Du stehst auf. Aus deinen Augen sprühen Funken. Zorn ist in dir. ZORN. Zorn gebärt diesen trockenen Rauch. Du legst die Daumen deiner Hände an die Schläfen, deine Fingerspitzen berühren sich im Zentrum deiner Stirn. So schaust du empor und brüllst wütend die Feuer in lautlosem Schrei aus dir heraus.

Die grauen Wolken dort oben schmelzen dahin.

Hier unten beginnt es zu regnen. Du aber stehst auf trockener Erde.

Dann endlich siehst du sie wieder: die Sterne. Es ist Nacht. All diese Wolken sind gegangen.

Jetzt setzt du dich glücklich ins Gras.

Neben dir öffnen sich die Blüten der Nacht unter *ihrem* Licht, der Vollen Mondin, die dort oben scheint.

Schwärmer kommen in Scharen, taumeln in den Düften, umflattern dein Haupt.

All das siehst du. Und staunend lächelst du den Sternen zu.

Du legst dich lächelnd in den Schoß deiner Mutter Erde und schließt deine Augen. Ein sanftes Licht leuchtet im Zentrum deiner Stirn.

Du schläfst ein und träumst den endlosen Traum.

Über dir wachen still die Sterne.

Dort in deinem Traum, an diesem Ort zu dieser Zeit, dort triffst du die anderen Wesen, auch deine Brüder und Schwestern, die Katzen.

Wir alle tanzen Magie.

In diesem Kreis leuchtender Wesen findest du sie wieder, diese einen, einmaligen grünen, lächelnden, staunenden Augen. Du hast sie schon immer geliebt. So versinkst du in ihnen.

Unsere Seelen werden wieder eins.

Wir sinken nieder in das leuchtende, glückliche Land unserer Mütter.

Hier sind wir geboren. Hier leben wir seit Anbeginn. Hier wächst endloses Lächeln.

Denn hierher kehren nur die Erleuchteten zurück.

Einst brach hier auf der Geist.

Hier ist Ewigkeit.

### Seine Augen

*Seine* Augen
sehen dich an

Und *du*
erstarrst zu Stein

Ist es Tag?
Ist *er* der Sonn?
Und wer bist *du*?

So fand ich dich eines Nachts unter dem Licht der Vollen Mondin.

So umarmte ich, ein Mensch, dich, den Stein, auf der Suche nach Wärme.

Und nun bist *du* erwacht *in mir* für alle Zeit.

### Spinne

Schau
die Volle Mondin
hinter schwarzen Wolken entschwinden

Jetzt taucht sie wieder auf!

Und magisch leuchtend lockt
das Netz der Spinne

## Zimmer unter dem Dach 5

Dein Zimmer unter dem Dach hat nur eine Tür.

Außen in der Küche begrüßen dich ein Spinnenmann mit Brautgeschenk - riesig, YIN-YANG, das Pentagramm, das Zeichen für OM, ein Verlagsschild und deine fliegende Schildkröte. Eine fauchende Katze wehrt die Dämonen ab.

Innen aber hängen an zwei Haken eine runde Zielscheibe für Wurfsterne, ein Kimono, ein Katana - natürlich nur die Billig-Massenversion des Großen Samuraischwertes mit ungeheuer weichem Stahl: Gibt gleich 'ne Delle, wenn du gegen dein Holzregal schlägst! Ach ja, am häufigsten gebraucht, hängt da ja auch noch eine Jacke, im Herbst sind es auch zwei.

Also ist es ja nur eine Tür zu einem kleinen Raum mit Schrägdach und vielen Büchern.

Lebt sonst noch wer bei dir in deinem Zimmer?

Nö!

Manchmal erinnerst du dich. Gibt es da nicht noch die andere Seite des Mannes, die Frau? War da nicht vielleicht so etwas wie weiche Lippen, Zärtlichkeit, Liebe und Sex und ...

Wie viele Jahre ist das alles nun her!

War doch alles nur Traum!

Träumt er noch immer von seiner großen Liebe, die irgendwoanders weilt und träumt von ihm?

Und treffen sich beide gar im Traum?

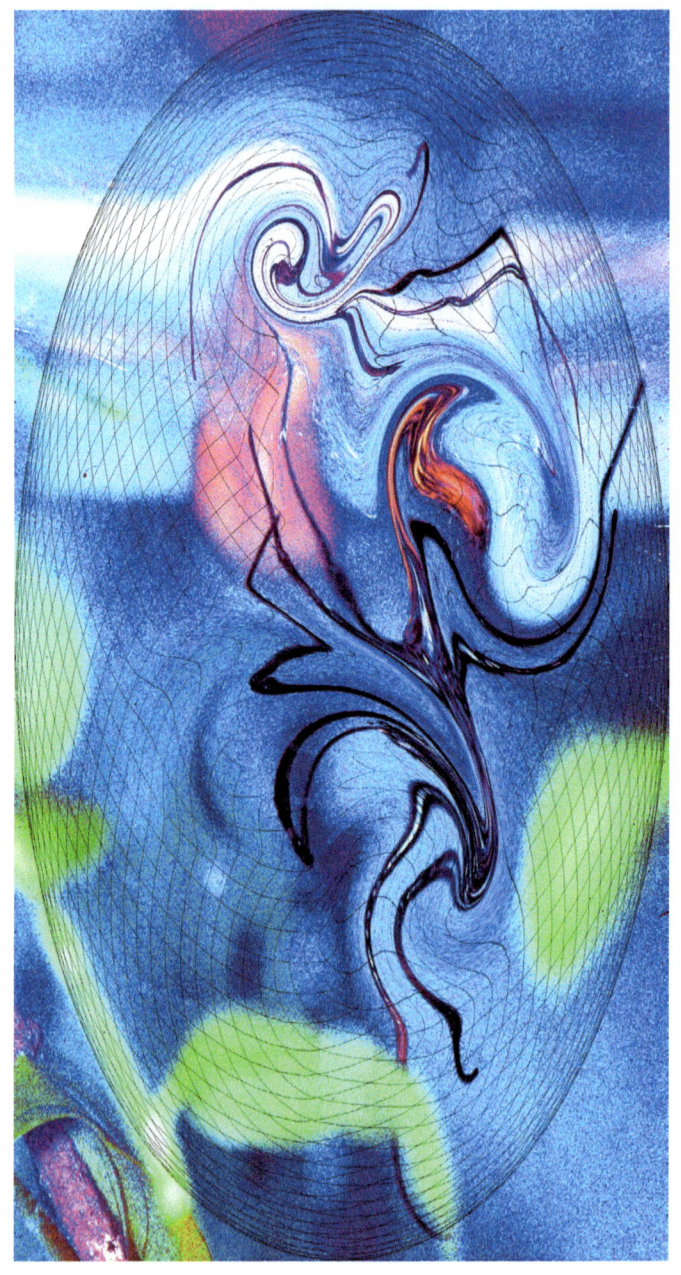

# Diese ewige Liebe

## und andere Herzensdinge

### Ein Weinen in der Nacht

Du erinnnerst dich - jetzt
Weinst du?
Du weinst!

In dir spricht
deine zitternde Seele:
Einst tanzte ich
unter funkelnden Sternen
und starb

Sehe *dich* tanzen
im Licht des Sonn
und sterben

Einst lauschten
unsere Seelen vereint
im Licht der Vollen Mondin

## Einst

*Einst*
Wir liebten uns
im Licht der Vollen Mondin

*Einst*
Ich sehe mich wieder
und sehe dich
Ich sehe und fühle und weine
Ich sehe uns sitzen und schauen
die Augen empor
und schauen die Nacht -
und den Tag und alles
was kommen mag
Fassungslos staunend und -
weinend

Wie viel Zeit
ist vergangen
seither!?

## Beben

Der Boden bebt
unter deinen Füßen

Irgendetwas wird geschehen
Du weißt es
Bricht er auf?
Brichst du ein?

Nein!, denkst du
Dieses Beben ist ander
Dieses Beben ist in mir!
Es ist meine Seele
die da bebt
vor Entzücken
vor Begehr

## Eines Abends

Sie spricht ihn an: »Nun, Kleiner, so allein am Abend?«

Der junge Mann lächelt. Nicht alles ist, wie es scheint. Schau!, sprechen seine Gedanken in ihr.

Verwundert blickt sie ihn an und ... versinkt in nie gesehenen Meeren, treibt auf Wolken dahin.

Er fängt sie auf in seinen Armen und bettet sie in das Grün der Wiese.

Die Straßen der Stadt und die Häuser, die Menschen und die Lichter sind gegangen.

Es ist sternenklare Nacht, und sie erwacht.

Sie sieht und riecht und schmeckt und fühlt die Stille. Ich bin geboren!, singen ihre Zellen. Lachend steht sie auf.

Im Gras noch liegt ihr Gestern und weint.

Lächelnd wendet sie sich ab.

Die alte graue Hülle schmilzt, eine weiße Rose wächst empor.

Nimm hin! spricht sie im Geist ihm zu.

Er nickt und nimmt.

Dann, Zeiten später, es könnten Ewigkeiten sein und sind wohl doch nur Sekunden, schreiten zwei nackte Wesen Hand in Hand der Morgenröte entgegen.

# Herzkatheder

Wer sah je solch ein Wesen?

Einen Vampir mit Strohhalm, biegsam und lang.

Und *er* ist bei dir, und *du* liegst hilflos vor ihm. Deinen Arm hat er dir betäubt.

Nun schiebt er ihn rein, tiefer und tiefer. Dann saugt er - du spürst es nicht, du siehst es jetzt nicht, sondern erst später - gestern das helle, sauerstoffreiche, heute das dunkle Blut aus deinem Herzen. Auch sind da Sauger auf deiner Brust befestigt. Rasend ist der Schlag auf dem Monitor. Ob es auch hier piepst bei Null, flatline?, fragst du dich.

*Flatliners*, du denkst an den Film.

Doch dein Herz schlägt weiter.

Dein Atem rast unter dem Tritt deiner Beine.

Bald gibst du auf an diesem Abend. Und alles ist vorbei. Du lebst, ein wenig verletzt und ärmer an Blut. Doch du lebst.

Langsam gehst du nach Hause.

Bricht herein die Nacht. Träume von Strömen, von Meeren von Blut.

# Blindheit

Ich sehe dich. Ich sehe deinen nackten Körper. Ich sehe. Ich fühle die wirbelnde Trommel meines Herzens. Ich fühle mein kochendes Blut. Denn *du* ziehst mich zu dir. Du bist das Licht, das den Falter lockt in den Tod.

Nun, nahe dir, schaue ich in deine strahlenden Augen. Und ewig in mir dein Leuchten, o du aus Sternenmeer geborene Blüte der Nacht, brennendes Licht, tief traf mich dein Blitz.

Als ich erwachte, war Nacht.

Ich spürte die Wärme des Sonn auf meinem Gesicht und öffnete meine Augen, und es war Nacht.

Ich hörte die Vögel singen. Ich hörte erwachen die Menschenwelt. Doch es war Nacht.

Ich hob meine Hände. Ich führte die Finger zu den Augen. Ich fand sie - nicht.

Und ich begriff: Dein Licht, Geliebte, brannte sie aus.

Dann tastendes Suchen der Hände, Suchen, Suchen ... Schrei der Sehnsucht und das Flüstern meiner Lippen wieder und immer wieder: »Wo bist du?«

Doch die Nacht schwieg.

Noch immer schweigen die Nächte.
Fern ist, in Tiefen träumend dein Leuchten.
Es wartet mit mir auf den Tag.

## Sirrender Ton

Ein Sirren durch Luft. Ich sank zu Boden. Irgendetwas hat mich getroffen!, Gedankenblitz in nicht endendem Sturz, Schwärze.

Erwacht sah ich empor von der Erde, auf der ich lag, in der ich lag, wie in einen Schoß gehüllt, sah Nacht und die Sterne über mir leuchten. Lebe ich noch? Lebe ich wieder, auferstanden von den Toten?

Dort stand sie, nicht weit vor mir. Ein weißes, leuchtendes Gewand. Tränen rollten aus ihren Augen. Sonst bewegte sich nichts. Es war still. Nur der ewige Fluss der lautlosen, ach so brüllenden Tränen. Rollende, purzelnde, aus strahlenden Augen brechende Tränen aus Kristall. Sternengeburt vor meinen Augen. Also war alles wie in einem Traum.

Ich richtete mich auf. Meine rechte Hand fuhr tastend empor. Ich wusste nicht, was sie dort suchte, aber ich ließ es zu. Es war ein Impuls, ein Suchen nach der Antwort, das Lösen eines der Rätsel, die uns wie Nebel umgeben. Es sollte ein Lichtblitz der Erkenntnis werden. Ich war Mensch geblieben. Die Neugier. Die Macht zu wissen. Die Liebe zum Licht.

Meine Hand fand ihn im Zentrum meiner Stirn. Und ich erkannte in ihm *Shaken*, den sechszackigen Wurfstern, der mich getroffen hatte. Also bin ich tot! Exakt getroffen, sicherlich mit Gift präpariert, mitten in die Stirn. Das überlebt man nicht.

Ninja? Samurai? Aber eine Frau? Schattenkriegerin (*Kunoichi*), oder wer ist sie?

Denn ich wusste, wie auch immer, dass sie es war, die ihn geworfen hatte. Dann war sie zur Säule erstarrt.

Warum dies alles? Warum die Tränen? Und dieser kristallene Strom aus erstarrtem Körper?

Ich kroch voran, Zentimeter um Zentimeter, hin zu ihr. Ich musste es wissen. Ich musste!

Um uns war eine Welt der Stille. Nichts lebte hier. Nichts bewegte sich außen den Tränen und dem kriechenden Mann mit sterngekrönter Stirn. Selbst der Wind war eingeschlafen. Die Dünen der Wüste lagen still. Weit entfernt ragten auf die Felsen im blauweißen Licht der Vollen Mondin.

Irgendwann erreichte ich sie. Mit letzten Kräften packten meine Hände ihr weißes Gewand.

Es zerriss ohne Laut und fiel, und ich mit ihm.

Welch ein Körper über mir!

Ich zog mich ein zweites Mal empor, ergriff ihre Beine, gelangte hinauf zu ihr. Der störende Stern in der Stirn, ich zog ihn heraus. Dann erreichten meine Lippen ihren Mund. Ich küsste sie.

Und Feuer schlug aus ihrem Haar. Züngelndes Winden von Schlangen.

Wie dies? Medusa erstarrte doch zu Stein?

Ihr Schlangenhaar hielt meinen Kopf umschlungen in ewigem Kuss.

Ewig?

Nein!

Verglühend ließen ihre Schlangenleiber mich los, und ich fiel minutenlang, Zeitlupensturz nach unten in ewige Nacht.

Sie brannte, die Tränen dampften in flimmernder Luft.

Noch hielten sich unsere Hände umgriffen. Brennend schmolzen Haut und Knochen. Rücklings fiel ich ohne Halt, schlug auf und ein in Erde. Tränen fielen aus glühenden Augen, und ich starb, ein zweites Mal? Weinend löste sich mein Körper auf, zerfiel.

## Meine Welt in deinen Augen

Komm, ich zeige dir meine Welt!«, sagte er zu ihr und nahm ihre Hand. »Dies«, sprach er und drehte sich und sie im Kreis.

»Aber das ist ja die Erde!«

»Die Erde«, antwortete er. »Und dies.« Er zeigte empor.

Still sahen sie in die Nacht hinauf. Die Sterne strahlten so hell wie nie zuvor. Und seine hohle Hand fing das Licht der Vollen Mondin ein. Er reichte es ihr: »Trink!«

Sie trank es in langen Zügen und ... vergaß die Welt, vor ihren Augen das milde, weiße Licht, Träume der Nacht.

Als sie aufsah, fand sie sich wieder an einem weißen Strand, allein. Palmen und das Rauschen des Meeres.

»Wo bist du?«, rief sie in den Wind.

»Wer bist du?«

»Warum hast du mich verlassen?«

### Mein Name

Ich hörte den Wind
singen meinen Namen

Wie er lautet?
Bin ich der Wind?
Kann ich ihn singen?

Da stand ich auf
hob meine Arme und sah empor
sah die Wolken
unter Mondin und Sternen rasen
Schwarze Wolken
die ewige Nacht über mich riefen
in der ich nun wandle
allein, tastend und lauschend und weinend
auf der Suche nach dir

## Sie auf dem See

Dort ist sie. Wärest du hier, so könntest du sie sehen. Denn beschreiben kann ich sie nicht. Dort geht sie, schwebt, treibt auf der Oberfläche leuchtenden Wassers dahin.

Sie ist ein Mensch, sie ist nackt, sie ist eins mit der Natur, sie ist - wie auch wir - ein Teil des Ganzen, dieses Sees, dieser Erde, dieses Universums.

Und was spiegelt sich wohl im stillen Wasser dieser Nacht?

Du weißt es ja: die Volle Mondin. Was sonst?

Was aber geschieht nun mit ihr, mit dir, mit mir?

(Hier bricht plötzlich alles ab, und wir werden wohl niemals erfahren, was er sonst noch sah, was dann geschah, was ...)

## Von dir geträumt

Er sah sie an, sprachlos vor Staunen. Stotternde Gedanken: Du ... du ... du ... Ich habe von dir geträumt.

»Ja«, flüstert ihre Stimme in ihm, »und ich habe dich erträumt, meine Liebe.«

Auch ich erträumte dich, dachte er verwundert. Wie kann das sein?

Ich bin ein Wesen aus deinen Träumen, und du aus meinen.

Wer aber träumt denn nun wen?

Oder träumen wir beide gemeinsam unsere Liebe?

## Warum? Weshalb? Wieso?

»Warum? Weshalb? Wieso? Und wie?«, rufst du in die Nacht, die nicht singt für dich. Und niemand hört dir zu. Und niemand kommt. Und nichts ...

Fern, so fern - alles verschwimmt - dort in einer anderen Welt dröhnt der Sound aus den Boxen, dort wiegen sich sanft und leise im Takt die Paare.

Einer lehnt dort, nein sitzt halbwegs auf einem Hocker und schreibt Worte auf kleine rote Blätter.

Und du?

War ich dort? Wo war ich? Wer bin ich?

Dann wird alles schwarz und still und leer. Du schließt deine Augen.

Träumst du?

Ja, sie zucken hinter deinen Lidern.

Und irgendwoanders erträumt irgendweranders dich.

Und die Nacht, die Musik und der Tanz sind so fern, so fern ...

Und dieses weite Feld, auf dem du liegst mit geschlossenen Au... - jetzt öffnest du sie.

Und ein sanfter Wind streichelt das Gras.

Rauschen! Dem Rauschen lauschen!

Du liegst auf dem Rücken und schaust auf.

Dort glitzern die Sterne über dir, dort leuchtet die Volle Mondin.

Jetzt verstehst du auch, was deine Ohren schon lange hören. Jetzt weißt du, dass irgendwer kommt - oder irgendwas. Kommt näher und näher, aufrecht durch das Gras, über die Weite dieser Welt.

Du aber lächelst, du aber stehst nicht auf, du aber öffnest dein Herz, deinen Geist und deine Seele. Vollkommen offen, frei, denkst du. Lass die Chakren leuchten! Atme Prana ein, die Lebenskraft! Kundalini schießt empor, und ajna Chakra, das Zentrum deiner Stirn strahlt auf.

Jetzt steht sie vor dir und sieht auf dich hinab. Sie nimmt das Leuchten der Volle Mondin im Zentrum deiner Stirn wahr. Verwundert schaut sie auf. Dort oben ist nichts und nichts neben ihr und unter dir. Dann rufen die Sterne, die da leuchten in deiner Stirn, die da strahlen aus Schwärze, weit, weit hinter der Mondin und doch so stark. Sie singen in ihren Ohren, sie rufen.

Sie beugt sich hinab zu dir. So küsst sie dich. Ihre Lippen liegen nun auf deinen Lippen, ihre Zunge an deiner Zunge, ihr Atem ist in dir. Ihr Körper legt sich auf dich. Ihre Stirn, ihr Körper, alles verschmilzt. Sie und du, Frau und Mann sind wieder eins.

Wir stehen auf. »Geboren!« singen wir in die Schwärze der Nacht, »geboren!«

Jetzt entfalten wir unsere Flügel.

Jetzt steigen wir auf in die Himmel.

Jetzt liegt blau so fern die Erde unter uns.

Jetzt weinen wir und lachen und rasen empor, immer weiter, e  m  p  o    r !

# Ein Flüstern

Da ist ein Flüstern in deinem Kopf: »Tu es! Du musst es tun! «

Du siehst sie vor dir.

»Hallo, Süßer!«, spricht sie.

Du tust es.


Ja, so werden die hübschen Frauen hingeschlachtet in der Nacht, in dunkler schwarzer Nacht, heute und hier, in den großen Städten.

Aber anderswo geschehen andere Dinge. Auch dort begegnen sich ein Mann und eine Frau.

Allein?

In einer schweigenden Stadt?


»Was WAs WAS?«, flüsterst du, fragst du, schreist du - Du?

Du bist der Vierte, der alles sieht, der die drei bei der Tat beobachtet: sie und ihn und das blitzende Messer.

Langsam trittst du näher. Etwas zieht dich, und deine Beine folgen dem Ruf. Irgendwie weißt du, was dich erwartet. Doch es ist gar nicht rot, so wie in all den Horrorfilmen, sein Blut, nicht in diesem Licht, nicht unter dieser Vollen Mondin.

Ihr brachte sie den Geliebten dar, hier draußen im Park der Stadt.

Und was tust du, ein Mann wie er, den sie zwar nicht kennt, doch wer weiß, ob sie nicht alle Männer liebt?

Was tust du also?

Du rennst, du rennst um dein Leben.

# Endlich

Endlich habe ich sie gefunden. Er sah in ihre Augen. Dieses Leuchten!, dachte er. Welch eine Magie!, so sah er sie noch immer an, gänzlich weggetreten.

Dann tanzten sie zu einem Lied, das sie summte, das sie sang. Dann tanzten sie den Schlangentanz. Und mit jedem Schritt, den sie tanzten, wuchs ihr Körper, ihr Kopf, ihre leuchtenden Augen und ihr Mund, der sich nun züngelnd öffnete.

Er aber sah nicht ihre wachsende Macht.

Und auch die Volle Mondin nahm zu, wurde größer und größer, die Mondin, dort oben in schwarzer Nacht - wie einst vor Zeiten, als die Erde sich noch rasend drehte.

Dann, irgendwann - Seltsam, noch immer tanzten sie eng umschlungen! Wer tanzt denn so lange und wo waren sie überhaupt? - löste sie sich von ihm.

Er merkte es gar nicht, tanzte weiter zu diesem Lied, gefangen, gefangen! Tanzte weiter, als hielte er sie noch immer in seinen Armen, tanzte weiter - allein.

Sie aber erhob sich, gigantisch groß und hoch stand sie vor ihm. Einen Augenblick noch verharrte sie. Dann raste ihr Schlangenhaupt vor. Giftzähne klappten aus, packten seitlich zu, bissen ihn zugleich in Brust und Bauch und hoben ihn empor.

Doch er schrie nicht, tanzte wohl noch immer von der großen Liebe träumend weiter.

Langsam schlang sie ihn runter.

»Zum Fressen gern«, summte sie leise vor sich hin, »habe ihn zum Fressen gern.«

So also sang sie sich träumend unter dem milden Licht der großen Mutter Mondin in den Schlaf.

# Hunger

Er sah sie zum ersten Mal und war verzaubert. Er sah sie und vergaß alles, wollte nur noch sie. Dich lieben und sterben, dachte er. Und schon war sie seinen Augen entschwunden. Wieso sterben?, fragte er sich verwundert einen Augenblick später.

Dann, irgendwann, vielleicht Tage danach, trafen sie sich wieder. Nein, nicht zufällig, denn er hatte sie ohne Unterlass überall gesucht.

Wer suchet, der findet, dachte er entzückt.

Mensch, sie lächelt mich an! Blaue Augen, blondes Haar, schlanke Gestalt, ein voller Mund und diese Brüste, Mann o Mann, macht die mich an!

Er geht auf sie zu.

Sie lächelt noch immer, lächelt ihn an.

Also gut, nur Mut!

Er lädt sie zum Essen ein an diesem warmen Sommerabend.

Sie sagt ja.

Ja!, schreit es in ihm vor Begeisterung.

Dann bringt er sie nach Hause - mein Gott, er kann es gar nicht fassen - sie nimmt ihn mit sich nach oben.

Ihr Kuss.

Oh mein Gott, denkt er, was für eine Erektion!

Wild und voller Leidenschaft küsst sie ihn, ihre Zunge ist überall in seinem Mund, überall zugleich, zitternd und tastend und liebkosend.

Und erst ihr saugender Mund!

Ich werd' verrückt, das halt' ich nicht mehr aus!, brüllt es in ihm, und seine Hände packen zu, zerren, reißenan ihrem Kleid.

Aber noch immer hält sie ihn umklammert, lächelt noch immer. Was er nicht sieht, ist dies: Ihre blauen Augen wandeln sich zu rotem Feuer, und ihre Zunge hat sich schon gespalten zur züngelnden Schlangenzunge.

Noch immer küsst sie ihn wild und gierig, hält ihn fest mit beiden Armen umschlungen, drängt ein Bein zwischen seine Beine, reibt sich und ihn, reibt und drängt, züngelt und saugt.

Und er schließt die Augen, lässt alles mit sich geschehen. Die Welt dort draußen rückt in weite Ferne.

Dann geht alles sehr rasch. Ihr Hals bricht auf an beiden Seiten. Aber es ist kein Blut, was da hervorschießt. Zwei leuchtend rote Peitschenschnüre rasen schreiend heraus, legen sich um seinen Hals, verkleben miteinander und reißen mit einem Ruck, trennen zwischen zwei Halswirbeln seine Wirbelsäule, Muskeln, Luftröhre und Kehlkopf durch. Im gleichen Augenblick lassen ihre Lippen los, gibt ihre Stirn seinem Kopf einen Stoß, der fällt und fällt und fallend noch immer von seiner großen Liebe träumt. Ungeheuer weit öffnet sie ihren Mund, einer Schlange gleich - auch wenn sie keine ist, denn sie stammt nicht von dieser Erde, sondern aus der Kälte des großen Meeres, von dort oben, von den Sternen - so stülpt sie ihren »Mund« über seinen Hals und saugt gierig ein den pulsenden Strom seines Blutes.

## Bei diesem Klang

Ströme von Feuer flossen aus dem Zentrum seiner Stirn. In seinen Augen aber war nichts als Schwärze.

Sie sah ihn an.

Näher, näher kam ihr Mund seinen Lippen, die - nun geöffnet - Ströme von Wasser spien.

Und dann ihr Kuss - wie lange war es her, dass er keine Frau mehr geküsst hatte - so schloss er die Augen.

Und dann ihr Kuss, der alles, Feuer und Wasserstrom, erlöschen ließ.

### Katzenfrau

In dunkler Nacht erwacht
grüne, glühende Augen
so dicht vor dir
Träum ich?
Ein Fauchen in der Stille

Komm!
spricht irgendwer
Komm, es ist Zeit!
Komm, mein zweites Ich!

So falle ich purzelnd
in *dein* grünes Leuchten
in *dich*

# Du

»Du!«, sang seine Seele und zitterte, bebte und lachte, sprang und sang: »Du!«

Doch sie hörte ihn nicht. Denn ihr Herz war aus Stein, denn ihr Herz war zu schwarzem Eis gefroren.

DU!!!«, schrie noch immer sein vergehendes Ich.

Denn es ging auf in ihr, die ewig war.

Denn es ging auf in ihr sein Körper, den ihre Beine umschlangen, den ihr Mund biss, den ihr Geschlecht verschlang.

Wir!, dachte sie weinend, als er gänzlich in ihr war.

Jetzt pulste ihr Herz vor Leben.

## Zeugung

Guten Abend, ich komme von der anderen Seite«, sprach er.

Sie nickte. »Ja, von gegenüber, ich kenne dich ja vom Sehen.«

Nun, das mit dem »Kennen vom Sehen« stimmte, aber im Haus gegenüber wohnte niemand. Doch was ist dann die andere Seite? Und wo ist gegenüber? Und was hat beides miteinander zu tun?

Sein Vater heißt Sonn.

Ihre Mutter aber ist die Mondin.

In ihrem vollen Schein werden sie entstehen, die Zwillinge in ihrem Leib, die Zwillinge aus seinem Samen.

Denn einst rief Mutter Erde ihre Kinder aus dem Tag und ihre Kinder aus der Nacht, um sie im Dämmerlicht, am Abend und am Morgen, an beiden Grenzen zu verschmelzen.

## Taucht ein

Taucht ein
mein Herz
in ein Meer
von Blut

Ich höre die Schreie nicht mehr. Denn auch ich bin einer von ihnen. Denn auch ich schreie meinen Schmerz hinaus in die Weite dieses Roten Meeres.

Eben noch zuckten unsere Körper, tanzten wir alle im Hagel der Geschosse.

Und nun ... schauen wir träumend hinab auf blutende Herzen.

## Der Schlag meines Herzens

Hörst du, wie es schlägt, wie es schlägt in meiner Brust? Doch höre genau hin! Lausche! Hörst du es?

Ja, jetzt hörst du, dass es immer langsamer schlägt: Schlag, Schlag, Stille, Schlag, Schlag, Stille, Schlag, Stille, Schlag, Stille, Schlag, Stille, Stille, Schlag, Stille, Stille, Schlag, Stille, Stille, Stille, Schlag ...

Hörst du mein Herz schlagen? Dreh auf die Regler. Der Boden bebt unter deinen Füßen, denn die Trommeln dröhnen. Doch lausche, höre ihrem Rhythmus zu! Hörst du es? Hörst du es jetzt? Ja? Dies ist der Schlag meines Herzens, der sich jetzt mit dem deinen vereint. Denn deine Füße stapfen den Takt. Denn du tanzt den ewigen Tanz des Rock'n Roll. Ja, komm in meine toten Arme! Komm und liebe mich! Hebe mich auf aus der Erde und lege dein Ohr an meine tote Brust! Komm zu mir!

Nun schlagen unsere Herzen gemeinsam. Hörst du den Sound aus den Boxen? Hörst du den Sound in uns? Hörst du den Ruf aus der Stille der Nacht? Denn schon schlagen sie langsamer. Schon endet das Lied. Schon stehen sie still und werden eins mit der Ewigkeit.

Andere kommen zu lauschen.

Wir sprechen sie an, ihre Herzen.

Sie hören uns.

Wir fragen sie, sie fragen sich, sie fragen ihren Nächsten.

Was fragen sie?

Sie fragen: »Hörst du mein Herz schlagen in der Nacht?«

Dann irgendwann fühlen sie, wie es immer langsamer schlägt.

Jetzt hören sie es schon gar nicht mehr. Denn es schwingt im großen Atem Ewigkeit.

### Die Reise

An diesem Abend ging er hinaus, hinaus in die Nacht. Und die Schwärze nahm ihn schweigend auf.

An diesem Abend sah er sie, sie, die Frau seiner Träume, die er so lange gesucht, aber nie gefunden.

An diesem Abend sah er sie lächeln und winken.

Und er folgte ihrem Winken, trat ein in die Stille, schritt durch brennende Tore, und brausend fiel er ins Zentrum ihrer Stirn. Er folgte dem weißen Pfad, dem leuchtenden Weg durch Schattenwälder. Hinter sieben Bergen sah er ihr Gesicht im spiegelnden See, blinkend und lächelnd winken. Staunend stand er da mit offenem Mund, staunend, die Arme emporgehoben und singend.

Dann aber stürzte er in die Spiegel.

Und Nacht brach herein.

Und er erwachte in pulsierendem Dunkel, schlagendem Ton und flüssigem Strom.

Erkennen. Wissen. Sein:

Ich Ich Ich. Ich ... Ich ... Ich.

Es ... es ... es ... ist ... ist ... ist ...

Du ... Du ... Du. Du Du Du!


Es ist der Schlag deines Herzens, in dem ich nun liege, träumend und lächelnd und liebend, in dir, wie vor meiner Geburt. Und ich weiß, jetzt trittst auch du ein in das Licht meiner Stirn, jetzt folgst du mir nach, mein Herz und mich zu fühlen in mir.

# Freundin

Du schaust sie an. Nein, nicht direkt in die Augen.

Wen?

Die Wölfin, die Katze, die Drachin.

Flüsternde Gedanken in uns: Immer, immer wieder werden wir zusammen sein, in allen Welten und Zeiten.

Dann stirbt sie in deinen Armen.

Du aber lebst, du weinst.

Du findest sie wieder.

Dann irgendwann stirbst du bei ihr.

Sie weint keine Tränen. Doch fühlt sie und heult die Mondin an, oder miaut, speit Feuer in die Schwärze der Nacht.

Und mein Leben, dein Leben beginnt von vorn, irgendwo, irgendwie, irgendwann.

## Seine Braut

Niemand hörte seine Worte.

Noch nicht!

Doch ewig hallen sie wider.

So nahm ihn schweigend in die Arme seine Braut Ewigkeit.

*Jahre später*

Sein Körper war längst zu Staub zerfallen. Und noch immer, endlos hallen seine Worte durch Raum und Zeit , von Ewigkeit zu Ewigkeit.

So lebt er weiter in ihr.

## Was ist wahr?

»Was ist wahr? Und was ist Lüge?

All diese Geschichten über die Mondin, alle lügen doch?!«, fragst du mich, sagst du mir.

»Alles ist wahr und nichts!«, antworte ich dir.

Eine Träne rollt aus deinem rechten Auge, fließt hinab.

»Vielleicht nur du, sonst nichts, meine Geliebte! Du allein bist real, alles andere aber ist ein Traum, all diese Dinge, von denen ich sprach, und die Welt um dich herum.«

Auch du?, fragt stotternd deine Seele, die die Antwort längst weiß, auch du!

Ich nicke und beginne zu zerfließen.

Noch sehe ich dich, deine Lippen Worte formen, noch höre ich, leise verklingen deinen Schrei: »Nein!«

### Brennend

Brennend
stieg
mein Herz
empor

So sah ich
sein Leuchten
in tiefer Nacht
erwacht

Voll Staunen
fiel
mein Haupt
in Leere

## Zimmer unter dem Dach 6

Draußen aber in Kaiserslautern nimmt alles seinen gewohnten Lauf. Wenn Fußball ist, wiederum oben auf dem Berg, dem Betze, stehen oder kriechen endlos scheinende Autoschlangen dort unten unter seinen Augen vorbei. Die Mauern des alten Hauses beben, überall ist da Dröhnen und Abgasgestank.

Unser großer Poet - einer der Größten, den heute noch fast keiner kennt, aber immerhin über 1.90 m war er mal, bevor er schrumpfte - lehnt sich jetzt also nicht mehr aus dem Fenster des Schrägdachs, sondern schließt es, legt sich jetzt auf seine Liege, Bett und Couch zugleich und erinnert sich an die Einfälle, Visionen, Träume, die er einst hier hatte, in diesem kleinen Zimmer unter dem Dach.

Etwa auch von einem jungen Mann auf einer Bank im Park und unter Platanen?

# Noch immer im Park?

## Mondin, Wolken, Sterne

Du schaust hinauf
und siehst die Mondin

Ziehen dahin
die Wolken der Nacht
Schwärze
Wind
und glitzernde Sterne

Unendliche Schönheit

# Vangelis und die Mondin

Die Volle Mondin ruft, schrieb einer irgendwo einst.

Dort ist sie wieder!

Noch immer schaut er empor.

Noch immer sitzt er auf einer Bank in einem kleinen Park.

Noch immer hüllt *sie* ihn ein.

Ewig wirst du ihn hier sitzen sehen, jeden Abend auf dem Heimweg von der Arbeit.

Und wieder siehst du sie, zuhause in deinem warmen Zimmer, während Vangelis spielt und ein Chinese in englischer Sprache von seinem Wiesentanz erzählt. Sie feierten zu dritt: er, sein Schatten und ... die Mondin. Ein ewiger Tanz, ohne Abschiedsschmerz.

## Glaubst du?

Und du glaubst, es gibt eine Welt, in der *sie* dort oben ihre Gestalt verändert, in der sie weniger wird und dann wieder mehr, in der sie schwindet, gänzlich verschwindet?

Das kann nicht sein!

Und du glaubst gar, es gäbe eine Welt, in der sie nicht mehr scheint und nicht mehr dort oben Sterne strahlen, eine Welt, in der nicht Nacht ist, sondern überall Hell, heller noch als unter *ihrem* Licht, und wo Erde weder feucht ist noch kalt, sondern brennt?

Und jetzt glaubst du wohl noch, es gäbe eine Welt, in der alles sich regelmäßig verändert und einander ablöst: Nacht sei dort mit sich ewig wandelnder Mondin, immer und immer wieder sich abwechselnd? Nacht und - (sie nennen es Tag) - und Nacht und Tag und ...

Wach auf! Du träumst ja!
*Wovon* träumst du nur?

## Zimmer unter dem Dach 7

Manchmal aber, wenn der große, kleine Poet auf deiner Couch liegt, wölbt sich der Raum in gigantische Dimensionen auf, ja, das sind die Hallen, die Manfred der Magier betritt.

Einmal sah er überall nur noch Türen. Sein Zimmer war leer. Nichts als Raum, beleuchtet von irgendnirgendwo, aus den Wänden wohl, aus dem Boden und aus der Decke. Da war kein Schrägdach mehr, doch Türen, nichts als Türen ringsum. Türen, die in andere Welten führen?

Immer diese Träume bei Tag, denkst du, und müde, wie du bist, gehst du zu Bett. Du schläfst ein. Du träumst. Seltsame Träume träumst du, Schmetterlingsträume:

Du öffnest das Fenster um Mitternacht. Frische kühle Luft vor dem Einschlafen, nach dem Video, nach *Total Recall.* Du schaltest den Strahler über deinem Kopf aus. Du schließt die Augen und fönst dein Haar noch ein wenig. (Also warst du wohl doch zuvor unter der Dusche?) Falter flattern herein! Du siehst sie mit geschlossenen Augen. Diese Art sahst du noch nie zuvor. Und welche Massen! Hier und heute, jetzt im März dieses denkwürdigen Jahres?

Schwarm sein! Einer unter vielen, einer unter ihnen, Falter der Nacht ...

Jetzt siehst du sie mit offenen Augen. Auch der Fön schweigt. Näher, näher! Aber sie flattern noch immer herein. Hinter deinem Kopf öffnet sich die Wand. Schwärze. Sterne funkeln heller als je zuvor. Diese klare Nacht! Wüstennacht?

Andere Bilder siehst du, als ihre zarten Flügel dich berühren. Es schneit Schmetterlingsschuppen auf dein Bett. Seltsam, denkst du. Diese Wesen fliegen ewig, Falter, Schwärmer der Nacht, die sich im Sonn des Tages in leuchtend grüne und rot funkelnde Edelsteine verwandeln.

Noch einmal blickst du dich um. Dieses Zimmer war mein Zuhause. All diese Bücher und Texte, Collagen, Videos, CDs, Cassetten, LPs, all diese Dinge lasse ich hier zurück. Nichts nehmen wir mit. Dann wirst auch du einer von ihnen, schwebst flatternd durch das Loch in der Wand hinaus, der sternenklaren Nacht entgegen.

Du wachst auf. Erinnerst du dich? Noch blitzen Fragmente deines letzten Traumes auf. Du reibst dir die Augen: Und ist nicht alles ein Traum? Sind wir nicht auch Traumgestalten? Und wer oder was träumt uns? Was ist wahr? Und was ist wirklich? *Rashomon*. Und das war dein letzter Traum. Du wirst er.

Er setzte sich die Kopfhörer auf. Noch stand er aufrecht im Licht eines roten Strahlers dort oben neben seinem Bett in seinem kleinen Zimmer unter dem Dach. Dann drückte er auf PLAY. Und sein Tapedeck legte los. Rockiger Sound knallte ihm in Ohren und Hirn. Ziemlich laut!

Die Lautstärke also, ist es dies?, fragst du dich.

Nein! Das war es nicht, es war die E-Guitarre dieses einen Liedes, die seine Seele packte. Oh, wie sie anfing zu tanzen, und seine Beine, sein Körper tanzten mit. Und Sound und Seele hörten nicht auf zu schreien, diesen einen lautlosen Schrei. Schreiend, die Hände erhoben, die Fingerspitzen im Zentrum seiner Stirn vereint, stürzte sein Körper wieder Richtung Bett, neben dem er stehend sich bewegte im Takt.

Ja, er sah es, er sah alles kommen. Nie würde er fallend sein Bett erreichen. Es würde im letzten Moment weichen, verschwunden sein. Irgendwer zöge es blitzschnell hinfort, oder aber es löste sich plötzlich auf, dann käme der harte Boden aus Stein.

Noch immer fiel er schweigend-schreiend.

Und wieder und wieder erklang das Lied, der E-Guitarren-Sound in seinen Ohren.

Er fiel, und kein Bett bremste weich seinen Fall, kein

Teppichboden und kein Parkett auf lockeren Brettern. Erde aus Granit wartete dort unten auf seinen fallenden schreienden Körper. Und er wusste es! Er sah alles vor sich, während er fiel und noch immer fiel und fiel.

Mit steinernen Armen fing ihn seine Mutter Erde auf, ihren Sohn, dessen Körper nun donnernd zerbarst. Würmern gleich ätzten sich die Fetzen ins Gestein.

Man sah ihn nie mehr wieder.

Sein Zimmer blieb leer.

Irgendwann holten seine Geschwister seine Sachen.

Ein anderer Mieter zog ein.

# Ausklang

## Und folgten

Und folgten
dem schweigenden Ruf
ins Dunkel

## Die Macht, die die Mondin hat

Die Macht, die die Mondin hat, die Macht, die wir *ihr* geben in unseren Träumen und Ängsten und Hoffnungen.

Also leben sie.

Weil sie existieren irgendwo und irgendwann?

Vielleicht.

Wirklich aber sind sie nun, da wir sie uns erträumten: Die im Licht der Vollen Mondin schlafwandelnden Menschen, die heulenden Wölfe, die Vampire, die Werwölfe, die Serienmörder und all die Liebenden unter *ihrem* Licht.

## Der Rufer

Der Rufer am Morgen
der Rufer der Nacht:
»Es ist vollbracht!«

# Nachwort

Dieses Buch erschien am 16.11.96 mit Copyrightvermerk 1997 in einer Auflage von 308 Exemplaren. Es enthält fantastische und lyrische Nachttexte, die von Dingen erzählen, die unter dem Licht der Vollen Mondin (Vollmond) geschehen, Horror inklusive. Die meisten Texte schrieb ich in den Jahren 1979 bis 1996 in Kaiserslautern sowie Bernkastel-Kues, Frankfurt / M., Idar-Oberstein, Ludwigshafen und Neustadt / W. Sie wurden für dieses Buch überarbeitet, in Kapiteln thematisch zusammengestellt und mit einem Rahmen versehen, der sich an den Rahmen der ersten Textsammlung mit dem Titel *Ruf der Mondin* anschließt. Die Rahmenhandlung mit dem Titel *Zimmer unter dem Dach* spielt übrigens in einer kleinen Dachwohnung in Kaiserslautern, in der ich mehr als 10 Jahre lang wohnte.

Alle Texte überarbeitete ich Anfang 2009 noch einmal. Einige erhielten einen neuen Titel und wurden in andere Kapitel eingeordnet. Wie ich erst jetzt bemerkte, klaute sich doch dieser Olaf Olsen den Text *Ausländer raus!* und veröffentlichte ihn 2005 in seinem Buch *Höllen-Fahrten-Leben-Traüme*. Eine weitere Überarbeitung für die E-Book-Ausgabe mit neuer Rechtschreibung erfolgte im April 2017. In dieser Ausgabe ordnete ich die Texte innerhalb der Kapitel alphabetisch an und änderte einige Titel.

Kleine Korrekturen am Text nahm ich im März 2019 für die vorliegende Taschenbuchausgabe vor, in der die Texte wieder so wie im Original angeordnet sind.

Ihr Dr. Rainar Nitzsche

Kaiserslautern, April 2017 und März 2019

oder aber doch wie einst einmal irgendwo und irgend-/nirgendwann in leuchtenden Nächten?

# Fantastik und Fantasy von Rainar Nitzsche

### Fantastische Kurzprosa

*Ruf der Mondin.* Lieder der Nacht. 62 Seiten, ISBN 9783980210256 sowie als Taschenbuch und E-Book erhältlich.

*Im Licht der Vollen Mondin.* 132 Seiten, ISBN 9783930304042 sowie als Taschenbuch und E-Book erhältlich.

*Mondin-Schein und Sein.* 176 Seiten, 50 handsignierte, nummerierte Exemplare, ISBN 9783930304127 sowie als Taschenbuch und E-Book erhältlich.

*ATON Vater Sonn.* Taggeschichten. 184 Seiten, 50 handsignierte, nummerierte Exemplare, ISBN 9783930304097 sowie als Taschenbuch und E-Book erhältlich.

*Spiegelwelten deiner Seele.* Spiegelgeschichten. 88 Seiten, 50 handsignierte, nummerierte Exemplare, ISBN 9783930304271 sowie als Taschenbuch und E-Book erhältlich.

*Still riefen uns die Sterne.* Kosmische Geschichten, 164 Seiten, 50 handsignierte, nummerierte und weitere Exemplare, ISBN 9783930304295 sowie als Taschenbuch und E-Book erhältlich.

*Von Engeln, Erleuchtung und Ewigkeit.* Meditative Kurzprosa. 3. überarbeitete Auflage, 149 Seiten, ISBN 9783741266621 und E-Book. Rainar Nitzsche / Harald Fuchs, 2. Auflage, 144 Seiten, ISBN 9783930304783.

*Das Schlafende steht auf aus Seinen Träumen.* Fantastische Kurzprosa. 204 Seiten, ISBN 9783930304776 sowie als Taschenbuch und E-Book erhältlich.

*Spinnentraumgespinste.* Spinnenträume und Spinnenbegegnungen. 2. überarbeitete Auflage. 164 Seiten, ISBN 9783930304707 sowie als Taschenbuch und E-Book erhältlich.

**Die Pfadwelten**

Die fantastische Reise von Manfred, einem Magier mit der Fähigkeit sich in andere Lebewesen zu verwandeln. Sein Weg durch die Bioregionen der Erde: Suche nach seiner großen Liebe. Kampf mit einem schwarzen Wesen aus der Welt T-Her:

*Der Leuchtende Pfad des Magiers.* PFAD 1, 186 Seiten, handsigniert, nummeriert, limitiert auf 200 Exemplare, ISBN 9783930304035 sowie als Taschenbuch und E-Book erhältlich.

*Wandlungen der Drei.* PFAD 2. 194 Seiten, handsigniert, nummeriert: 50 Exemplare, ISBN 9783930304134 sowie als Taschenbuch und E-Book erhältlich.

*Wüsten-Berges-Himmels-Weiten.* PFAD 3, 180 Seiten, handsigniert, nummeriert, limitiert auf 50 Exemplare, ISBN 9783930304172 sowie als Taschenbuch und E-Book erhältlich.

*Ins All - Im Eins.* PFAD 4. 208 Seiten, handsigniert, nummeriert, limitiert auf 50 Exemplare, ISBN 9783930304141 sowie als Taschenbuch und E-Book erhältlich.

*Der Schneckenkönig* von Alexa E. Bach. Leben eines PFADWesens vor seiner Seelenreise in *Ins All - Im Eins.* Suche eines intelligenten Schneckenwesens nach seinen Untertanen in einer menschenleeren Welt, die von Ameisenvölkern beherrscht wird. 76 Seiten, ISBN 9783842355873 und E-Book.

## Lyrik von Rainar Nitzsche

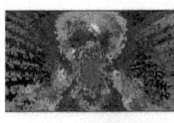

*Ewig sein in Stille.* Meditative Lyrik. Rainar Nitzsche / Berthold Mallmann, 122 Seiten mit 21 Grafiken, nummeriert, handsigniert, limitiert auf 50 Exemplare, ISBN 9783930304264. Neuauflage Taschenbuch Rainar Nitzsche ISBN 9783741261312 und E-Book.

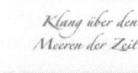
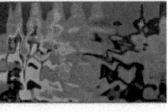

*Klang über den Meeren der Zeit.* Harald Fuchs / Rainar Nitzsche. 72 Seiten mit 31 Grafiken, nummeriert, handsigniert, limitiert auf 313 Exemplare, ISBN 9783930304073. Neuauflage Taschenbuch Rainar Nitzsche ISBN 9783738643411 und E-Book.

*OM oder Das Rauschen der scheinbaren Leere.* Meditative Lyrik. 80 Seiten, nummeriert, handsigniert, limitiert auf 316 Exemplare, ISBN 9783930304028 sowie als Taschenbuch und E-Book erhältlich.

*wir ... menschen der erde.* Natur, Untergang, Hoffnung, Neuanfang, Aufbruch ins All. 72 Seiten sowie als Taschenbuch und E-Book erhältlich.

*Die Zeit der Bäume.* Rainar Nitzsche / Harald Fuchs, 60 Seiten mit 23 Grafiken, nummeriert, handsigniert, limitiert auf 304 Exemplare, ISBN 9783980210249 sowie als Taschenbuch und E-Book erhältlich.

## Von Olaf Olsen* sind erschienen

*Die Meere des Wahnsinns.* Wenn sich die Grenzen verschieben. Original: 72 Seiten mit 23 Abb. von Dr. Rainar Nitzsche, ISBN 978-3-930304-30-1 sowie als Taschenbuch und E-Book erhältlich.

*Höllen-Fahrten-Leben-Träume.* Alltäglicher und wahrer Horror auf Erden und andernorts. Original: 156 Seiten mit 51 Abb. von Dr. Rainar Nitzsche, ISBN 978-3-930304-31-8 sowie als Taschenbuch und E-Book erhältlich.

*ES bricht hervor aus dir.* Horrorgeschichten und -gedichte. Das dritte Buch vom „Irren" aus der P(f)alz. Original: 102 Seiten mit 42 Foto-kunstwerken von Rainar Nitzsche, ISBN 978-3-930304-49-3 sowie als Taschenbuch und E-Book erhältlich.

*: Ein Pseudonym von Rainar Nitzsche? Oder warum sonst sollten hier seine Werke aufgeführt werden?